中国专业作家散文典藏文库

中国专业作家散文典藏文库

肖克凡卷

透明的时光

肖克凡 ◎著

中国文史出版社

目　录

第一辑　母语的故乡

第二辑　一个水煮的节日

第三辑　做思考状

第四辑　人间随笔

第 一 辑

母 语 的 故 乡

母语的故乡

出国旅行往往遇到语言障碍，你不懂人家的语言，你的语言人家也不懂，干着急。国内也是如此，十几年前我住在广东小榄镇写东西，有时半夜需要开水，我一句粤语不会讲，服务生一句普通话也不懂，那才叫聋子般对话呢。如此看来，语言既是桥梁也是沟壑。西方神话半途而废的"通天塔"讲的正是沟壑作用。桥梁作用则比较广泛了，譬如国际翻译，譬如国内普通话，譬如谈判和写情书，不胜枚举。

当年读过一本外国小说，说苏联特工乔装日耳曼人打入纳粹内部，窃取情报屡建奇功。有一次他睡觉说梦话被人听到，第二天即被捕，惨遭处决。因为他梦话说了俄语，暴露了真实身份。这就是母语的力量——从襁褓至终老而不磨灭，她永远属于你，你也永远属于她。

天津距北京不远，却拥有自己独特的方言。天津方言的语调特殊，很有个性。更为特殊的是天津方言里的词语。

北京话里的"乱七八糟"在天津方言里加了一个"大"字，变成"乱七大八糟"。这一下使得书面语充满口语生命力，生动无比。

按理说，天津方言仅仅属于天津。然而由于它强大的生命力已经被北京人接纳，譬如天津方言"嚼戗"传入北京转为"矫情"。

有一天一北京编辑打来电话，说某某的稿子写得太"矫情"，那意思是啰唆和过于"争竞"。当然，天津方言里的脏话也已经侵入京城球场看台，这就不举例了。

天津方言还是渐渐消逝着。小汽车爱称"小笛笛"、摩托车俗称"嘟嘟车"、收音机别称"话匣子"等等，均已退出我们耳际，听不到了。天津方言"宝贝儿"也几乎变成美国电影台词"甜心"了。几十年前，男孩子不义气被说成"奸"，女孩子事儿多被说成"刺儿"，小孩儿之间斗嘴所说的"气斗斗"，统统成为绝响。更为久远的天津方言里，譬如将钱包儿说成"靴掖子"，将汽油说成"革司林"，将醋说成"忌讳"，将抹布说成"带手"，将发薪说成"关饷"，则鲜为人知了。

老天津人称母亲为娘，说大街的街字是上口的，属于古韵。"你径直走就到和平路了"，这"径直"无疑出自明清话本。从某种意义说，方言的消逝说明着生活的进步。譬如"饽饽"，如今孩子们从小吃惯了果酱面包，当然不识这种吃食了。再譬如，水缸彻底退出市民生活，水筲便成为古董；银行信用卡自然代替了老太太箱子底的"折子"。手表不金贵了，"大三针儿"这词儿也就没了；缝纫机当年被称为"车子"，如今没人说了；而安装在自行车后轮旁的"磨电滚儿"更无处可寻了。这就是社会变迁造成方言词语的消亡。

天津人说普通话，必须克服"齿音字"。然而并不是所有天津人说话都有齿音字。生长于旧租界的天津人说话，就跟老城里不尽相同。河北席厂跟红桥西于庄，他们说话又有着各自的语音，只有我这样的纯粹的天津人能够从中听出细微差异。有一次我"打的"跟司机聊了几句，我说"您是老丁字沽人吧？"对方极其惊诧。

二十世纪五六十年代，和平区学生说普通话的已经比较多了。其中又各有特色。天津一中由于是男校，它的普通话阳气十足，一听就知道是"男一中"的。十六中是男女合校，它的普通话就比较中性。至于女四中南开女中什么的，则显得柔美。当然，居住在黄家花园一带的人们历史上有"黄牙现象"，那完全是水质问题。水的含氟量与普通话毫无关系。

天津人讲普通话，语音不纯是问题之一。其次便是词语。天津人讲普通话是不可以将天津词语夹杂其间的。譬如将"昨天"说成"夜儿隔"就是广为人知的笑话。还有"介词问题"没有引起我们更大注意。譬如天津河东有些人往往将"我在这里上班"说成"我其这里上班"。这种介词结构一旦进入普通话，天津味道就太浓烈了。

一九九七年我客居北京，有一天在崇文门乘 108 路无轨电车，遇到一位操着一口纯正天津话的老太太，大声问这趟车去不去西直门，然后便理直气壮地上了车。老太太的天津口音在充满京韵京腔的北京大街上，颇有异峰突起之感。我问她老人家来北京这么多年怎么没改口音呢？她颇为霸气地反问，天津人改吗口音？天津人不用改口音。她老人家的意思我听明白了，在她印象里天津是大地方，大地方人到哪儿也不用改口音。

我终于明白了，天津人说普通话，主要在于语气。天津人的语气，就其"四声"而言是很特别的。我以为，语气这东西发自丹田，与精气神儿不无关系，不能言传而只能神会。北京的皇城文化与天津大码头的三教九流气息，这无疑是两地之间的最大差异。

这老太太无疑代表了当年天津人的自豪感。然而如今的天津人似乎并不是这样，很多人一进北京就改了口音。其中原因不得而知。我只知道从文化保护意义出发，方言即活化石。一个地方的方言消失，绝对意味着一个地域文化的消殒。天津人为什么管锅巴菜叫嘎巴菜呢？没道理，就因为他是天津人，天津人就这么说话。同样道理，山东人侠义豪爽的形象无疑与山东话有关。很难想象山东大汉操着吴侬软语是什么样子。

于是，大力推广普通话的同时究竟如何避免方言灭绝，已经成了文化工作者无以回避的课题。提倡保护生物多样性，同时提倡保护文化多样性。面对全球化背景之下的日常生活趋同性，保护方言首当其冲。近年来本埠文学创作颇有津味小说抬头的迹象，可喜。就我个人经验而言，或写作或阅读或交际，几乎无时无刻不与天津方言打交道，从而渐渐体味到天津话的语言魅力和文化含量。

天津话很有几分文化含量的。"你径直走吧"的"径直"，"二十块钱足矣"的"足矣"，再举"小小不言"和"搁其末末"这两个词组为例——表示轻微和不足道，均闪烁着书面语的光芒。

其次便是民间语言。大量的歇后语，显得生动活泼。津门独有的修辞方式以及四两拨千斤的语式，无疑构筑了津味小说的语言基础。有一次我在小说《天津娃娃》里用了"我找了六彀（gòu）也没找着你"，林希先生随即打来电话说，克凡原来六彀这么写啊。我回答说这"彀"字是我瞎琢磨出来的，因为彀表示一箭之地，六彀就是六箭之地，这样使用大概还算贴切吧。

这就是从音到字的过程。有了天津"音"而寻找天津"字"，这应当是天津作家义不容辞的任务。天津话，确实存在很大空间等待我们挖掘和填补，譬如"惹惹"和"翻吡"。

其实，天津话并不粗俗。即使阅读前辈作家刘云若和李燃犀的小说，通俗气氛中不乏书卷气，市井方言里充满人生哲理，一贯保持着对生活的幽默与调侃。这是一种智慧，也是一种彻悟。

天津民间方言的特点，就是名词动化或者以动词代替名词，显得很有生气。然而它渐渐消逝着，一去不返。方言的消逝，使我们中国人的生活越来越趋于"同一"。与此同时，新的民间方言也渐渐滋生于市井，譬如天津"楞子"这词儿就是典型的新生方言。

老方言死去，新方言滋生。死去的多，滋生的少。随着现代化城市的扩张，高架路、立交桥以及私家车，直来直去，只有目的而没有过程。人们几乎丧失了街道生活。街道是方言的舞台。尤其面临全球化大背景，加之国家大力推广普通话，也使得天津人渐渐说着"共同语"。于是方言便在共同语里死去。事情就是这样——消逝了也就消逝了。这好比花儿开放，然后凋谢一样。

天津建城六百年了。我不知道天津话有多少年了。我以为天津话随着天津人的生活必将继续下去，而且永远代表着这座城市"思想的直接现实"。

小而化之——天津话就是天津人的母语。母语魅力无穷。在大力推广普通话的进程中，天津话同时存在着，而且时时处处显现着她存在的理由。

荣业大街

荣业大街北起南马路，人们称为"南门东下坡儿"。这里乃是当年的天津城墙，天津城墙在"庚子事变"之后的一九〇一年被八国联军的"都统衙门"强行拆除。从这里沿着荣业大街往南走，不远便有"官沟街"和"闸口街"。官沟街因清朝官府挖沟而得名。闸口街的得名则是由于东头有通往海河的水闸。天津卫的街名，往往都有一番来历。

荣源是末代皇帝溥仪的岳父，这位岳父大人跟盐业银行合股建立荣业房地产公司，二十世纪二十年代投资开发天津的南市，荣业大街因此得名，无形之中这条南北走向的大街跟皇亲国戚沾了关系。

闸口街口迤东旧有协成印刷局，中学时代的周恩来在南开学校编辑《敬业》，多次到此校对稿件。如今那座中式青砖楼房已经拆除。

闸口街口迤西是杨家柴场，应当是卖劈柴的地方。然而这里出了两位著名演员，那就是唱评戏的新凤霞和演电影的李秀明。新凤霞本名杨小凤，母亲是杨柳青人。李秀明二十世纪七十年代是"五·七中学"的学生，在学校宣传队里唱阿庆嫂。这座"五·七中学"正是当年著名的大舞台戏院旧址。

荣业大街与荣吉大街交口，西有升平戏院，解放后改称黄河剧院，仍以评戏为主。小时候我在这儿听过小鲜灵霞和六岁红，还有新翠霞。一九六五年建华京剧团在这儿唱过新编历史剧《夫人城》。

荣业大街中段的"聚华后"曾是娼寮区。聚华戏院前身是华乐茶园，它南面有一条横街，因此取名"华乐南街"。历史就是这样流变的，如今人们只知华乐南街而不知华乐茶园，真可谓只知其然而不知其所以然。

华乐茶园即聚华戏院的最初主人，姓朱。这里解放前便上演文明戏，后改名劳动剧场。一九六五年我在"聚华"看过宣传计划生育的话剧，剧中有一小孩儿将一束鲜花插进暖水瓶的情节，给我留下深刻印象。那时候天津基层剧团极多，京剧团评剧团梆子团甚至天津独有的"北方越剧团"，数不胜数，从来没有"戏剧疲软"之说。

早在民国初年，荣业大街上有两家豪华大饭庄开业，西侧是先得月，东侧是聚合成，均经营天津菜，燕窝鱼翅，银耳熊掌，相互竞争，名重一时。当时天津卫饭馆，是以鲁菜为主的。鲁菜也很注重鱼虾。

这里不能不提到玉清池，那是人们赤身裸体的地方。它坐落在荣业大街与慎益大街交口东侧，这座四层大楼的澡堂堪称南市标志性建筑。玉清池设备考究，服务一流，顾客盈门，昼夜喧嚣，华北地区数第一。崩豆儿青萝卜大糖堆儿，当然也有被称为"塘腻"的人物。此公终日泡在这里，从外面饭庄往浴池木榻前叫菜，吃完了洗，洗完了睡，睡醒了再洗，吃吃喝喝洗洗涮涮，消磨着无谓的时光。抗战胜利之后美国海军陆战队在塘沽登陆，身穿皮猴儿的"美国兵鬼儿"几度光临玉清池的雅间，成为当时的新鲜事儿。

淮海电影院的前身是荣业大街上的上权仙电影院，一九一九年开业。为什么叫"上权仙"呢？最初在法租界有权仙电影院，后来在荣业大街开设分号。由于天津华界地势高于租界，因此称为"上权仙"。租界一带在天津人嘴里，称为"下边"。荣业大街从北往南，一路下坡儿，直达日租界。如今，这种"上""下"的称谓，早就在天津人嘴里消失了。历史是往往消失在人们嘴里的。

上权仙电影院西边当年一派开洼，是刑场。抢劫银号的奉系军官曲香九以及开办屠宰场的"慈善家"杜笑山，都死在这里。曲临刑前一路高唱，杜则破口大骂不绝。正是这片开洼后来变成"庆云后"，也是娼寮区。庆云戏院则由大混混袁文会把持多年。庆云戏院解放后改称共和戏院，以唱河北梆子为主。我在这儿听过《宝莲灯》。"庆云后"拆除，如今变成令人馋涎欲滴的著名南市食品街。人们在这里尽情展示着自己的酒量和胃口。当然，据说酒足饭饱结账之时，高呼"便宜"的，往往是来自北京的食客们——天津南市食品街从这个意义上讲，已经成为"外向型"企业。

荣业大街南至清和大街而止，其西侧，"文革"前仍有一鸟市儿残存，逢夏秋之时，这里变为蛐蛐市场。我记得二十世纪六十年代中期的虫子——一只平庸的"山货"在这儿最低售价也要人民币一元。要知道那时候若想"吃补助"，每月人均生活费不得超过八块钱。可见外埠蛐蛐在天津卫这地方还是很有含金量的。

荣业大街从清和大街往南，改称首善大街。天津的大街往往是这样，一条大街，分两段儿，取两个街名，显得挺乱乎的。一进首善大街，东侧就是著名的南市"三不管儿"。解放后"三不管儿"命名为"南市群众游艺场"，仍有戏园子和摔跤场以及各种风味小吃。我小时候在那里喝过茶汤，记得有"瘸子刘"，也见过真正的

"围锅转"。

俱往矣。如今，荣业大街随着城市"危改工程"而拓宽，变成通衢大道。你行走在这条大街上感觉身心开阔，同时也感觉这条大街的内容悄悄遭到删减，由厚重而精简——从历史变成了历史梗概。

从东局子说起

　　沿着拓宽不久的程林庄路东行，过了天津药业集团到达军事交通学院大门前，一侧可见"东局子礼堂"这样一座建筑。此地的公交车站名也曰"东局子"。老天津人都知道，东局子本是清朝同治初年创办的天津机器局东局的简称。换言之，因天津机器局东局坐落于此，因而得名"东局子"。天津方言里的"子"字结构在这儿得到了充分体现。诸如西头的梁嘴子、西大弯子，以及陈家沟子和侯台子等等，都是如此。

　　有"东局子"就应该有"西局子"。建于清末的天津机器西局，确实坐落在如今的海光寺一带。天津机器东局毁于战火，天津机器西局同样也已不复存在。然而"东局子"的地名却流传下来，并且沿用至今。为什么天津没有"西局子"这个地名呢？

　　我以为，关于地名的沿用与终止，就其自然状态而言，原因是复杂的。以"西局子"个案说开去，我觉得这里存在一个"地名覆盖现象"。当年的天津机器东局坐落在开洼里，一派荒凉，左近只有"万辛村"地名较为响亮。因此"东局子"这个地名便无以替代地沿用下来，免遭"覆盖"。所谓"西局子"则不同，天津城南洼一带地名林立，不但有第二次鸦片战争清廷与外国侵略者签订耻辱的

12

《天津条约》的"海光寺"，还有炮台庄、万德庄和西湖村（徐胡圈）之类的地方存在，因此一旦毁于战火，所谓"西局子"也就灰飞烟灭，难以流传了。我敢断定，如今朗朗上口的"海光寺"无疑对"西局子"这个地名实施了"覆盖"。

还可以举例说明。二十世纪五六十年代，经常去水上公园的天津人几乎都知道"聂公桥"这个地名。聂公就是为国捐躯的聂士成。庚子国变之后人们在聂士成殉难处立"聂公碑"，就在石桥一侧。那石桥因此得名"聂公桥"。当年的"聂公桥"西侧是一座很大的冰窖。夏天，人们拉着车来这里取冰，很繁忙的。我记得这一带属于"和平之路"人民公社，当年我们西藏路小学师生经常到这里参加劳动。二十世纪八十年代修建"天塔"，挖掘"天塔湖"改建"聂公桥"，这一带渐渐被称为"天塔"。"聂公桥"的地名消逝了。"天塔"成为具有强大辐射功能的地名，"聂公桥"则被覆盖了。

在天津，这样的例子真是不胜枚举。众所周知的"墙子河"已经被"津河"所覆盖，河北区的"货场大街"也已经被"胜利路"所覆盖。随着黄河道的拓宽，当年大名鼎鼎的"南大道"正在消逝，包括"掩骨会"和"养病所"。当年"老龙头火车站"的建立，使"旺道庄"这个地名消逝，如今天津站后广场的建立则将具有浓重历史痕迹的"新官汛大街"和"李地大街"从人们口头摘除。人们更不知道，李地大街已经是李家坟地大街的简称了。李家坟地则是暴死任上的江苏督军李纯的坟地。就连李纯小时候居住的水梯子大街（因设有人们从东河里挑水的梯阶而得名），如今也通称狮子林大街了。

一个地名对另一个地名的覆盖，令人欣喜地说明了城市的发展，同时也使得城市历史的面目变得模糊起来。这真是一柄双刃剑。让一个城市的面貌发生日新月异的变化，是我们的光荣任务。让一个城市的珍贵历史留存下去，更是我们不可推诿的责任。这才是我从"东局子"说到"西局子"的真正缘由。

我的民园体育场

一九六三年，我从鞍山道小学转到西藏路小学读书。学校成立了小足球队。我立即报了名，每天清早参加跑步训练。我母亲青年时代曾在北京贝满女中读书，属于体育好手，田赛径赛以及球类无所不能。她听说我参加了学校小足球队，便看了看我的脚弓说，当运动员要有弹跳力啊。

一天，体育吴老师组织小足球队去看球，于是我第一次走进民园体育场。我坐在空空旷旷的看台上，一下就喜欢上了这座体育场。那场比赛是空军小学队对实验小学队，零比零打平。

如果我没记错，一九六五年我在民园看过陈家全的"百米"，手工计时。好像是全运会之前的热身。当播音器报出成绩9.9秒时，全场欢声雷动。后来我懂得了，那次9.9秒国际田联是一定不会承认的，陈家全也不会当真，却令我终生难忘。陈家全之后的优秀短跑选手，二十世纪七十年代有余维立、冯振仁，好像还有熊扣祖。

我越发喜欢体育。二十世纪七十年代初期《新体育》复刊，我立即订阅了。每逢邮递员送来杂志总要用异样的目光看着我。因为当时自费订阅《新体育》那是一笔挑费啊，何况我同时还订了《光明日报》和《学习与批判》什么的。那时候我已经打篮球了，一派英气勃发的样子。我想，我的热爱体育一定与我很早就走进了民园体育场有着直接关系。马约翰先生认为"体育是培养优秀公民的最有效、最适当、最有趣的方法",说得真好啊。民园体育场所包含的体育精神,影响了我的性格与气质。

我频频走进民园体育场是二十世纪七十年代至八十年代初期。尤其当时天津足球队比赛,只要能混进去我从不放过,我甚至还爬过民园大墙。记得刚果红魔、塞拉力昂、三菱重工来民园比赛,没赢过。那时的天津队,多强啊。前几天我与百花出版社的靳立华副社长初次见面,饭桌上提起当年天津队挑灯夜战三比二反搭北京队的比赛以及山春季的一脚吊射,彼此之间一下没了距离,颇有相见恨晚的感慨。我以为这就是民园情结。说心里话,多年之后即使民园体育场不复存在,它也进入了我们这一代人的记忆深层,一生难以磨灭。

如今开发区新建了泰达大球场,相形之下"民园"似乎落伍了,好像一位过气的电影明星,淡出我们的生活。然而假若我们具有强烈的文化意识,那么就应当在推选城市标志性建筑的时候投上民园一票。它真的影响了一代人的生活,至少它使我激动,使我暗暗立志,使我懂得了什么是真正的男子汉以及体育精神。一座体育场不光要大,更要有历史文化积淀和人文影响。民园体育场,就是这样。它代表着我们昔日的殊荣,同时告诉我们应当如何走向未来。天津民园体育场,无疑是我们一笔宝贵的精神遗产。

水凳子·水梯子

　　二十世纪八十年代初期，我在一座工业机关工作，经常骑着自行车下厂。我多次去往下属公司的几个科室联系工作，它们坐落在天津市河北区水梯子大街附近的东河沿马路。当时我心里疑惑，这条马路并不坐落在海河东岸怎么叫东河沿马路呢？

　　听老人讲，当年天津水系纵横，河流颇多。后来阅读有关史料，终于得知那条被称为东河沿的马路，当年确实坐落在东河沿。早在三岔河口改弯裁直之前，那里确实有一条俗称"东河"的水道。天津人素有以方向命名的习惯。譬如"北河大鸡子"，譬如"西河玉米面儿"。北河是说北运河，西河是说子牙河。情况可能就是这样：由于有了这条"东河"而有了东河沿马路。

　　当年天津人吃河水。据说青菜贩子沿街叫卖也以"御河水浇的"为吆喝，以求得招牌效应。沿河而居的人们惯吃河水，必然要去河边挑水，于是水车应运而生。一辆水车一副扁担水筲，走家串户，凭着一膀子力气赚钱谋生。这种以卖水为生的行当，进入自来水时代依然存在。老城区的自来水管入户，只是近二十年的事情。

　　那时候的河岸并非石砌，大河流水乃是自然形成的土岸。于是挑水的人们便在岸边设立水梯子。这种木制水梯子形成阶梯，自上

17

而下通向水畔，一蹬一踏，避免挑水者失足落水，起到安全保护作用。河北区的水梯子大街由于紧临人们挑水的东河因此得名。如今，昔日水梯子大街已经统一划入狮子林大街，改名换姓从历史里消逝了。

前些天，我在《杨柳青》杂志里读到一篇怀旧文章，谈到"水凳子"。这篇文章记叙当年住在御河（南运河）两岸的人家吃水，也是要到河里去挑的。当地为了方便挑水，便在河岸上设立一座座探入河面之上的水凳子，以免挑水者滑坡落水。杨柳青一带的水凳子，与天津东河畔的水梯子，原理相同，结构相近。只是水梯子规模大些，水凳子规模小些。近代劳动人民的智慧，如出一辙。

无论水梯子还是水凳子，都属于历史故事了。河北区的水梯子大街消逝了。杨柳青的水凳子我们也只能从一篇怀旧文章里读到。这是历史的渐行渐远。因此我想到，一个地名的消逝，往往意味着一段历史的失散。譬如我们将货场大街改名为胜利路，当年货场的历史便从城市地理里消逝了。久而久之，后人们根本不知道那块地界曾经的货运繁华。口叙的历史也就会出现"断环"。多年之后，我们的后代只能满头大汗去钻故纸堆儿，苦苦寻找那座铁路货场的踪迹。

一百年前东河没了，一百年后东河沿马路没了，继而水梯子大街也没了。我们则得到一座崭新无比的城市——这是时代的巨大变迁。

一方面是城市必须发展壮大，一方面是城市历史痕迹的日渐淡化。这就是消逝的水梯子和消逝的水凳子留给我们的一点启示。它的存在至少告诉我们，在水一方的先人们是如何将河水弄到自家水缸里的。其实，如今就连水缸也即将成为古董了。这便是我们通常所说的连锁效应。一只现代化自来水龙头，消解了从水梯子—水车—水筲—水缸，这一连串的历史古董。人类的物质文明的脚步，似乎不可阻挡。

逝者如斯，不舍昼夜。城市生活，就这样变得日新月异了。

寻找一个名叫固镇的地方

纪念天津建城六百周年。夏天里天津文学院作家们骑自行车沿大运河南路采风，历时三天抵达沧州。在泊头参观建于永乐四年的清真寺，它同样具有六百年历史，与天津城同龄。我们强烈感受到大运河沿岸的文化传承和风土人情，长了不少见识。今年夏季我们又组织作家们骑车沿运河北路采风，走武清过宝坻感受潞河文化，收获很大。

金秋九月，我们动身前往安徽采风，主题是文化寻根。天津作家为什么到安徽寻根呢？这还要从头说起。

天津口音与周边地区毫不搭界，既不同于近邻的北京，也与鲁方言关系不大，环视四方，还是难觅母语源流。天津话以其强烈的个性，给人奇峰突起的感觉，仿佛"飞来峰"从天而降，却又不知峰来自何方。因此被称为"天津方言岛"。其实类似现象还有杭州话，由于弱宋南渡带来中原方言，渐渐形成了有别于周边地区的杭州口音。可天津方言来自哪里呢？不大清楚。天津，乃是天子渡河的地方。天津口音，无疑来自移民。中国北方普遍有"洪洞县大槐树"之说，恰恰印证了当年的大迁徙。

大约十几年前，我从一篇文章里得知，天津史志工作者曾在二十世纪七十年代为了寻找天津方言源头，来到皖北宿州凤阳一带踏勘，通过多日艰苦的田野调查终于在淮河以北一个名叫固镇的地方找到了与天津话极为近似的方言，于是颇为振奋。天津方言之"母地"，初步锁定于此。

我是谁？我从哪里来？这是人类共同的追问。因此当年我牢牢记住了固镇这个地名。只要打开安徽省地图，便可以看到固镇坐落在蚌埠以北的浍河北岸，无疑是个小地方。然而，小地方往往蕴含着大内容。

文学有时候应当成为一场行动。适逢天津建城六百周年，我们决定前往安徽固镇寻找"天津话"。在蚌埠便得知固镇如今升格为固镇市。为了深入民间采风，当即决定先去王庄花生大集市，零距离接触原汁原味的固镇方言。天不作美，大雨不止，弄得王庄集市空无人影，只得直抵固镇市。一路驱车观察地貌，感觉这里很像天津周边地区，譬如沧州。

固镇的街景很新，难以辨识当年模样，也没了旧时茶摊。如果说经济全球化对固镇尚未形成明显影响，那么经济"全国化"无疑成了这里的主要风景。别的城市有的，这里都有，餐馆、歌厅、网吧、美容店、音像屋以及足疗和保健品。中国村镇的城市化进程，可见一斑。然而，我们前来寻找的是一种方言。

固镇大街上，我看到一块"二子快餐"的招牌，好似他乡遇故知。因为天津话里普遍存在"子字结构"，也管排行在二的男孩儿叫"二子"。固镇的"二子"是什么意思呢，一时问不明白。随后与固镇有关人士座谈，我竟然有些失望。他们讲的固镇话，似乎跟天津话尚存几分距离。据我所知，当年天津史志工作者来到固镇与一摆茶摊老汉对话，彼此口音几乎完全相同。莫非多年推行普通话，既改变了天津口音，也改变了固镇口音？

既然是千里采风，那就无话不谈了。我与固镇市委宣传部部长陈文化先生谈天说地论古道今，渐渐融合起来。中午饭桌上，先端上一条"熬鲫鱼"，然后端上一盘近似"煎闷子"的煎粉引起众人惊喜，好像天津二月二"龙抬头"的习俗。关于吃鱼，天津人管鲤鱼叫"拐子"，当地人则叫"鲤鱼拐子"，天津话做了省略。

闲谈之中我竟然从陈部长嘴里听到"死面卷子"一词。这活脱脱是天津话啊！于是愈聊愈多愈聊愈近，聊得没了距离。从固镇烹饪重味（咸）重色（汁）重香料（花椒、大料），不叫粥叫稀饭，不叫红薯叫山芋，一直聊到闺女出门子娘家陪送的"桶子灯"的习俗。我发现，两地词语有的趋于相同（管油条叫"油果子"），有的完全一致（管朝前走叫"照直走"）。天津称开洼里的村落高地为"台子"（譬如侯台子蔡台子王台子），固镇亦然。天津老话儿称餐饮业为"勤行"，固镇也是如此。漂浮多年的天津方言岛，似乎渐渐找到了它的大陆。我在固镇的总体感觉是——到处都是我们的人。

在固镇寻找有关史料，没有；寻找与天津有关的传说，也没有。当地乡亲对六百年前先人北上天津之事，并不重视。而我们天津人对自己究竟来自何方，也不以为意。这就是历史的"断环"现象。回首往事，三十年前蚌埠白酒（如今改名皖酒）风靡天津独占鳌头，其实恰恰暗示了隐含于两地之间的亲缘关系（固镇人称三连间的民居为"一明两暗"，增加两间面积则称为"明三暗五"，跟天津完全一样）。如今经济时代，效益第一，两地关系之研究因不为显学而无人用功，那断环恐怕难以连接了。其实固镇倘若打出这一张"亲情牌"，也不乏发展经济之策略。

往返采风路上，我们在蚌埠大街上看到几处"天津饺子馆"的招牌，很是惊奇。全国各地挂天津包子铺招牌的，自然不少，却只有蚌埠一带高高挂着天津饺子馆的招牌，这是为什么呢？我揣测，这现象正是悠久绵长的历史积淀所致。六百年前凤阳府的军民们北上落户直沽，渐渐将天津饺子传回安徽故里，而那时天津包子还没出世呢。由此看来，天津饺子是天津包子的曾祖父，辈分颇高。后来我得知，两地饺子的别名均为"扁食"，这很有几分古典含义。还有，两地百姓都爱吃油炸徽子。

我们告别固镇跨过浍河前往朱元璋的老家凤阳采风，路经集市看到有小推车挂着"天津大小麻花"的招牌沿街叫卖，备感亲切。然而大家一致认为，一路采风与天津话最为近似的方言，还是首推固镇。这就是固镇非同寻常的意义。

我们采风进入固镇时，天公降雨将她洗得颇为清爽。我们告别离开固镇时，天色晴朗艳阳初见。我以为这不是离开固镇，而是从固镇出发。

这就是文化的传承。从固镇出发，无论先人还是后人。

有关固镇采风的文章发表之后，很快我便收到一封读者来信，署名刘本建，工作单位是安徽省宿县地区电信局。从业以来多次收到读者来信，主要是因为小说。最近还收到山东荣成和四川巴中读者来信，还是因为小说。小说出于虚构。这一封宿州来信却不同以往，全是真事与虚构无关。

刘本建读者的来信，字体娟秀文理严谨叙述流畅，字里行间突出了一个关键词：固镇。对我而言，固镇象征着一种关系，即大陆与岛。我因此而感到亲近，尽管四周有时候是默默海水。

刘本建读者告诉我，他（她）是地道的固镇人，在该地区工作了四十多年。关于固镇方言区域应当以浍河流域为主线，南不过淮河，北不过陇海铁路，西不过蒙城、涡阳、永城，东不过泗县、五河。倘若寻觅更为正宗的固镇口音，则在永城、涡阳以东，五河以西，怀远东北，灵璧以南。从地图上我看到该方言区域以浍河为纽带，横跨九个县涉及两个省，很广大的。浍河发源于河南省境内，

23

上游为东沙河。东沙河流域有夏邑县，这里乃孔子原籍。浍河上游包括曹操故乡亳州。浍河还流经当年淮海战役总前委指挥部的旧址——临涣。看来，我们寻根还是应当以固镇市为圆心，不离浍河两岸。

我们在固镇市采风即得知，字典里"浍"读"kuài"，但当地百姓从来都读"huì"。浍河流域面积一万多平方公里，人口三百多万。三百多万老百姓一起读别字，将"快河"叫成"会河"，就是不改嘴。刘本建读者在信中感慨道，这种现象不知语言学家作何感想。

刘本建来信包含颇多信息。适逢天津建城六百年，我只能重点辑录几点，以飨读者。

固镇解放前属于宿县管辖，当地老人们还称宿县为"南宿州"，与"北徐州"相对而言。解放后属于灵璧县（就是著名灵璧石产地）一个镇。一九六五年，把宿县的湖沟区、任桥区，把灵璧县的宗店、濠城，把五河县的西刘集，把怀远县的曹老集、新马桥区划归固镇而成立固镇县。它是安徽全省唯一的无山之县。

从历史人文方面看固镇，它与现今蚌埠没有什么关系（因为蚌埠设市历史较短，史称蚌埠桥）。即使历史上固镇一度归属凤阳管辖，其文化差异仍然明显。从这个意义上讲，固镇就是固镇，固镇就是"这一个"，别无分号。寻找原汁原味的固镇文化，只能在浍河两岸。刘本建读者在信中强调，寻找固镇方言南不过淮河。一过淮河习俗就两样了。其实，淮河与浍河的南北距离不过几十公里。这真应了百里不同俗的古语。

从来信中我感受到，中国人的故乡情结那是永远不可磨灭的。

我们在固镇采风就听说，这一带是古战场。项羽与刘邦的垓下之战，便发生在不远的地方。如今遗有虞姬墓。久经战乱屡次移民，因此历史湮灭了。我们存心寻觅的"方言大陆"上将很难发现祖先移民北上的脚印。即使这样，我们的采风仍然收获很大。

刘本建读者最后说："我深信历史和文化形成的情结是人类本性的体现，是莫名的自发的原始的高尚的，没有人想从中得到什么，但它是一种亲情的长久的流动。"

这话说得多好啊。我仿佛又看到那条无言诉说的浍河，滚滚东流而去。

尽管刘本建读者工作生活在宿州，我仍然视为"固镇来信"。我将固镇来信复印了好几份送给朋友们看。我要让更多的天津人知道固镇。是的，我们不能光知道明天，昨天，其实也很重要。这就是固镇来信的意义。

平民的茶道

　　民国十几年间，天津最为出名的茶楼是玉壶春。它坐落在南市的荣吉大街（平安大街）与大兴街的交口，为二层建筑并有临街长廊。前几年我跟一个电视剧导演去选景，走进这座年久失修住着二三十户人家的楼房。我看到昔日奉系军阀大人物喝茶的地方，已然变成拥挤不堪的百姓家居，心中很是感慨。走出玉壶春茶楼，前面不远的建物大街上有华楼旧址。建物大街两侧的楼房当年均由日本建物株式会社开发，因此取名建物大街。当然我这里说的不是日本茶道。

　　说起华楼乃是逊帝溥仪的舅父良揆投资兴建的娱乐场所。人称茶楼，其实还有台球房和西餐厅，内容多多，并非单纯意义的茶楼。

　　天津不比四川有着众多的市民茶馆。天津平民饮茶，一般与茶楼无涉。天津的家庭饮茶之风，很盛。因此天津人饮茶的家常色彩也是很浓的。只要是真正的天津卫家庭，接待客人必然奉以热茶。若以清汤白水待客，那在天津人眼里便是慢怠。天津人热情好客的习性，我以为源于船来车往的码头文化。

　　我是二十世纪五十年代生人，住的地方是旧时天津日租界。大约九岁光景家庭变故，我只能去跟祖母一起生活。她老人家住在南市，就是当年人称"华界"的地方。我从"租界"而迁入"华界"，首先接触的新鲜事物就是"水铺"。水铺是什么？水铺是专门出售开水的店铺（当然也出售凉水）。水铺出售的开水，我认为主要用于家庭沏茶。天津人无论春夏秋冬，清早起床头一件事儿，两眼一睁就是喝茶。我祖母也是这样。因此我要说的是天津平民"茶道"。

喝茶的事情往往是这样开始的：每天清早儿祖母便将那只白瓷茶壶刷洗干净，打开茶叶盒，将一撮花茶倒在盒盖儿上，然后投入茶壶里。天津人沏茶是绝不许用手抓茶叶的，以示清洁。于是茶叶盒的盖儿便成了容器。天津人喝茶，基本是喝花茶，也称香片。祖母将一撮子花茶投入茶壶，然后递给我二分钱硬币，说沏茶去吧。我拎着茶壶就奔水铺去了。

一般来说，一个街区便有一个水铺。水铺的主要设备是一口大灶，大灶上安装着一口烧水的大锅。水铺的主要燃料是木屑和锯末。天津有俗话：水铺的锅盖——两拿着。一大早儿，大锅里的水还没烧开，你必须将茶壶摆在锅台上，等候着。据说有个别不守本分的水铺掌柜，为了节约燃料故意在锅里扣一只大碗，这样锅里泛起的气泡嘟咕嘟咕就显得很大，冒充开水。

我沏了茶，将二分硬币放在锅台上，拎起茶壶转身快步回家。走进家门，祖母已经拉开了准备喝茶的架势，一张小桌上摆着两只茶碗（绝对不是茶杯），表情严肃地等待着我和茶壶的归来。

我将沏满香片的茶壶摆在桌上，平民的茶道便开始了。祖母亲自动手，抓起茶壶提梁儿，斟满一碗热茶，然后掀起壶盖儿，原封不动将这碗热茶倒回壶内，谓之"砸茶"。这种"砸一砸"的做法究竟道理何在，至今不得而知。我想可能是为了使茶叶沏得更充分吧。多年之后我在一本梨园史料里读到回忆花脸演员侯喜瑞先生的文章，也提到"砸茶"之说。看来，京津两地饮茶共通。

砸茶之后，我跟祖母一对一碗，喝了起来。喝一碗热茶，开始吃早点，内容不外烧饼油条。早点之后，祖母就去捅炉子了。

那时候的花茶，货真价实。据说普通花茶也要窨上七道花儿，因为香味持久。我去茶庄买花茶，售货员往往给包上两朵鲜茉莉花儿，以示热情。而如今的奸商们，只窨两道花儿就敢号称高级花茶摆上柜台。有钱买不到真东西啦。祖母若是活着，肯定要骂的。看来人心不古，首先体现在清洁的茶叶上。

花茶沏二例的时候，味道最佳。只有第四、第五次续水时，才谓之"涮卤儿"。这是平民茶道里的基本常识。涮卤儿意味着没滋没味儿，生活不能没滋没味儿。

早餐之后往茶壶里续水，我与祖母喝"第二例"。这时候使用的热水，已经是自家炉子烧开的。这第二例花茶，加之早餐之后的舒适感，一起随着茶香而洋溢于胸腹，令人气完神足。这是高潮，也是平民茶道的最佳享受。祖母这时候往往专心专意坐在桌前，静心品味着。花茶的香气，深深地浸透在生活深处，令人忘却柴米油盐的烦恼。

这几年我总在想，祖母她老人家为什么不等到自家炉火烧得开水沏茶呢？渐渐我想明白了，祖母她等不及。早起必须喝茶——这就是城市平民的日常生活。这就是城市平民的茶道。祖母的"茶道"无疑告诉我，市俗的生活具有多么巨大的魅力啊。

茶是高雅的，然而它丰富了我们的世俗生活。

民间点心

天津话里的"点心"起初具有广义，泛指正餐之外的一般吃食，当然也包括酒食茶食之类，也应当包括煎饼果子，统称点心。渐渐，它的词性趋于狭义，似乎专指点心铺里出售的槽子糕小八件儿什么的。说起天津卫的点心，人们都知道桂顺斋和祥德斋，其实被时光淹没的还有玉生香、四远香、德利馨，以及南味稻香村和上海冠生园，数不胜数。

天津人从前不说"吃早点"，清早见面头一句话问"您吃点心了吗?"吃点心——这词儿在《金瓶梅》里经常见到。从此推断，天津方言里残存着明代词语。

关于吃早点，据说在中国北方最为讲究最为便利最为普及的大城市便是天津了。津门清晨的"吃早点"运动那是极有群众基础的，大街小巷，无论男女，不分穷富，全民皆吃。为什么早点在天津如此深入人心呢?尚无学者研究如此下里巴人的课题。我以为，这可能与当年天津乃水旱大码头不无关系。

举凡水旱大码头，什么人最多?一定是劳力者最多。劳力者治于人，一天到晚累得臭死，当然没有劳心者的夜生活。吃完晚饭就洗洗睡了。第二天，劳力者是没有资格睡懒觉的，一大早儿必须跑出家门，去干活儿挣钱。因此，劳力者早起那是必须要吃饱肚子的。

吃饱肚子才有力气干活儿。这好比大款给汽车加油。对劳力者而言，早点第一。因此，生活在水旱大码头的天津人，也将早点第一的"基因"一代代遗传下来，至今不改。无论哪朝哪代，睡懒觉的富人那是不吃早点的。因为他们今天的早点已经提前变成了昨晚的"宵夜"。"黎明即起"不是富人的生活习惯。当然，有晨练习惯的富人除外。

如果此说成立，那么天津饮食文化应当属于市民大众范畴，极具市井色彩。风行多年而屡禁不绝的"马路餐桌"以及立交桥下的"深夜羊汤"也就可以从水旱大码头的文化传承里找到渊源了。

天津人重视早点还有另外一个原因。那就是天津家庭主妇早起是不生炉子的，为了省煤。早起喝茶，可以花两分钱去水铺沏一壶回来。下午三四点钟才是天津家庭主妇生炉子的时辰。等火一旺，就该操持晚饭了。男人回来吃晚饭，那是马虎不得的。

近年有"津菜"一说。所谓津菜其实是以直鲁两省的饮食风格为基本内涵的。色重汁浓味咸。尤其是一条大运河连通五大水系，车船店脚，更将天津菜肴融汇南北西东，遂形成天津人的饮食习惯。据说天津人生活习俗譬如婚丧嫁娶什么的，好面子讲排场的心理颇受当年盐商影响。天津盐商当年多为"暴发户"，绝少世家出身，因此骨子里必然留存着早年的生活习气。他们是发迹之后才渐渐学会睡懒觉的。一大早儿爬起来就吃点心——这种粗放的生活习惯无疑被掩饰掉了。

天津卫的果子、大饼（它的主要特点是解饱）、馄饨（它的主要特点是冬季驱寒）、豆浆豆腐脑以及蒸食炸糕什么的，种类繁多，风格家常，基本属于民间粗食。大饼卷锅蓖儿（北京叫薄脆），一吹喇叭，吃饱了可搪时候呢。至于锅巴菜的来历，其传说则更加贫民化了。这就是天津人早起的"点心"。它代表了水旱大码头的日常生活乐趣。吃罢"点心"就去谋生吧，拉胶皮、扛河坝，实在不行就去"打小空"。天津好汉面对谋生的艰辛与困境，由于瓷瓷实实地吃了一顿美味"点心"，即使吃苦受累还是颇有几分底气的。

天津民间流行一句俏皮话：一百斤白面做一个大寿桃——废物点心。如此生动风趣的比喻，只能滋生于津门市井文化土壤。这就叫"一方水土养一方人，一方人吃一方点心"。

天津人的衣食住行

穿的戴的

早在旧社会，天津街头有"缝穷的"妇女，这种职业在萧红的《生死场》里有过详细描写。解放之后，没了缝穷的，却有专门"补旧衣服的"。二十世纪六十年代这种行当已经使用缝纫机了，一条裤子的两个膝盖位置破了，拿去补。缝纫机轧了的补丁好看极了，一圈圈好像体育场的跑道。穿着带有这种补丁的裤子，不但没有自卑反而平添几分神气，因为一般家庭还停留在手工补丁的阶段。

孩子们处于生长期，裤子往往嫌短。大街上经常看到穿着"接腿儿"裤子的男孩儿。接腿儿就是裤子短了，再扯几寸相同颜色的布将裤脚接长，继续穿。就这样接了一圈又一圈，好似蒸馒头的笼屉。

二十世纪六十年代末，商场出售"朝鲜维尼龙"面料的裤子，夏天穿着扎肉。一条裤子收一张纺织券，没几天就脱销了。至于"快巴涤纶"的出现，则是七十年代的事情了。

我们迈进新中国，市民家庭的生活还是比较清苦，兄弟姐妹也很多。因此穿衣成为大问题。弟弟"接班"穿哥哥的裤子，妹妹

32

"拾"姐姐的小褂儿，常事儿。那时候的春秋两季，穿夹袄。夹袄是由一层面儿和一层里子，这两层布料缝制而成。穷人的夹袄往往是棉袄改制而得，简单说就是抽去中间的棉花。夹袄的里子往往使用旧布，穿在身上非常舒服，那种柔软的感觉如今已经很难描述了。我以为这种关于贴身小夹袄儿的怀念绝对不属于矫情。否则当年的婴儿"尿介子"为什么使用旧布制作呢？道理正在于此。

一件衣裳几经传递，最后穿烂。穿烂也不会扔掉，留着"打夹纸"。打出夹纸就可以纳底子做鞋了。天津卫的家庭妇女大多会做鞋。坐在一起纳底子聊天，乃大杂院里一道风景。穿家做布鞋不光省钱，既合脚又舒服。鞋穿烂了没有别的用场了，由孩子们拿去卖给收废品的。

如要你去买鞋，鞋店为顾客准备了一种白布袜套，试鞋之前套在脚上——这样就将顾客的脚与商家的鞋隔离开来，起到了卫生作用。随着物质生活的丰富，商家作风也随之走向粗放，此物消逝矣。同时消逝的还有"鞋拔子"。

中苏友好，二十世纪五十年代初期进来一大批"苏联小花布"。民间百姓不仅将它做成小花袄儿，就连窗帘啊墙围子啊被面啊也纷纷用它制作。当时很多市民都是中苏友好协会会员。大街上蹬三轮车的汉子们竟然穿着苏联小花布的裤子，傍晚时分炫耀着车技——两只车轮着地行驶着。中国人穿的戴的，均呈现出强烈的社会主义大家庭色彩。

冬天，小学生的手往往冻裂，就抹上"蛤蜊油"在炉子上烤。出门上学是要戴棉手套的。这种棉手套多为家庭自制，有灯芯绒的有斜纹布的，里面"絮"的是旧棉花。为了防止丢失，母亲就在两只棉手套之间缝上一根带子，挂在孩子脖子上。其效果呢，一丢就是一双。

老天津卫还有一种"呢帽翻新"的行当。这是一门专业性极强的手艺。老百姓的呢帽戴旧了，又买不起新的，只得将旧呢帽送去翻新。所谓翻新就是将帽子拆了，把里儿翻成面儿，用缝纫机重新轧上。花不了几个钱，就翻出一顶"新帽子"戴。这是穷人的智慧。

如今已经退出我们日常生活的绒衣绒裤，那年月在民间绝对属于奢侈品。由于它的御寒功能主要体现在深秋和初春两季，因此寻常百姓往往穿它不起，干脆直接穿薄棉袄就是了。那时若在大街上看到一位身穿绒衣绒裤的人，无论红色蓝色这人极有可能是运动员。如今，绒衣绒裤统统退出我们的生活。你只能在解放军战士身上看到它的存在，当然是黄绿色的。二十世纪六七十年代，天津冬季时兴"风雪衣"，蓝布面儿毛绒领子而且没腰，一件要花三四十元钱呢，还得交布票。每人每年发给布票一丈七尺三，高个子肯定不够穿的。

老百姓穿的戴的，本身就是时代象征。如今夏季女性的"吊带装"说明了改革开放的精神风貌。已经消逝的"套袖"则记录了当年中国人勤俭而拘谨的生活态度。

吃的喝的

那时候，有一种早点叫杏仁儿茶。杏仁儿茶不是茶，它广义属于粥类，也近乎"藕粉"但不透明。我不知道它的主要原料是什么，只记得它的那股子清香而深入心脾的杏仁儿味道。据说当年天津人吃东西挺讲究的。天儿一热就不怎么吃馄饨了，怕馅儿不新鲜吃出毛病，一般改喝豆浆什么的。当然也有人选择杏仁儿茶。听老人说旧社会里人们若是打了一宿牌，无论输家赢家嘴里都麻木了，清晨出门儿喝一碗杏仁儿茶，挺爽神的。当年南市永元德的杏仁儿茶，真好。如今超市里卖的一盒儿一盒儿的好像叫杏仁霜。这两样儿东西是不可同日而语的。

　　进入二十世纪七十年代，天津市民的粮食定量供应里仍然包括百分之五六十的粗粮。当时粗粮一般是陈年棒子面儿，不太好吃。可天津比北京强得多，因为在那百分之五六十粗粮指标里，我们每人还可以买到七斤"籼米"。倘若每月二十五号"借粮日"那天你一大早儿就去排队，极有可能幸运地买到"粳米"。白面加粳米，这样一算全家每月就吃不到太多的棒子面儿了。天津人感觉挺合适的。

　　关于吃鱼，天津人"馋猫儿"那是有了名的。当年除了"黄花"只认"鳎目"和"快鱼"，后来添了"瓶子鱼"。天津人接受咸带鱼则是计划经济时代的馈赠，颇有几分无奈。然而咸带鱼在天津也要凭本供应。那时候北京人不擅食鱼，供应宽松，于是天津人到北京出差，总是成捆儿往回拎带鱼。这成为北京火车站的一道特殊风景，深深留在人们的记忆里。如今天津市餐饮业的关键词是：生猛海鲜。

天窗和阁楼

　　天津老百姓的民居，无论平房还是楼房，都可能设有天窗。天窗高高地矗立在房顶上，一派出人头地的样子。天窗四面儿镶玻璃，那光，便从高处直泻而下，洒满人间。女孩子躺在床上注视着天窗，内心往往充满这样或那样的幻想。男孩子则心驰神往地虚构着武侠故事，一位大英雄从天而降，杀富济贫或者舍身救美。天窗，有时候垂下一条绳子，这是开启天窗使用的绳索。你将这条绳索握在手里，依法操纵那天窗便可打开，清新的空气扑入室内，屋顶仿佛一时变成天空。这是很神奇的——尤其当你躺在阁楼上胡思乱想的

35

时候。

人口多，住房窄小，就搭建"阁楼儿"，"阁楼儿"也称暗楼儿，高高悬于空中，一般都能睡下两三人，却使人想起馒头铺的两层笼屉。空气当然不太好。一睡就是老少三辈五六口人。如今阁楼儿早已不复存在。倘若你非要看一看豪华版的阁楼儿，那么我告诉你它如今的名字叫——跃层。同时还赠送露台呢。

行

二十世纪六十年代的小学生，从小就懂得"守纪律，讲规矩"这句话。大清早走出家门上学去，书包里肯定装有那块昨晚洗得干干净净的抹布，这是维护公共卫生环境的必备用具。

我们走进学校大门，从来不用老师指派任务，人人自觉自愿，主动擦拭教室门窗玻璃，还有讲台和课桌。这已是不成文的规矩，从小便养成新中国的公德意识，时时伴随我们长大成人。

那时候说起家庭，谁都知道它不仅是指自家门槛里的小天地，也包括无比广阔的社会大家庭。我们要爱护这个大家庭的一草一木，因为这属于新中国。那时候的热词是"社会主义处处有亲人"。

令人不忘的是我们从小接受的集体主义精神教育，这种教育使你懂得热爱班集体，使你懂得克服自私自利的思想苗头，使你懂得助人为乐甘于奉献，使你懂得小学生也要有大担当。这种教育使你从小成为积极进取绝不消极的好学生，最终找到自己终身事业的归属。

那时候城市家庭没有什么通信设备，居民街区的公共电话也不普及。学生们居住分散，遇到寒暑假期间学校临时发布通知，几乎没有办法送达每个学生家庭。于是放假前夕班主任便根据全班学生各不相同的居住地址，精心编织"联络网"，全班设立几个"网头"：张甲，王乙，李丙，赵丁。这样形成四条"联络网"，一旦学校发布通知，班主任便将通知内容告诉这四个"网头"，"网头"立即通知他下面的 1 号同学，1 号同学立即通知他下面的 2 号同学，于是快速传递下去。一般不到半小时就全部通知到位了。

我永远不会忘记我上面的 2 号王亮同学冒雨跑来通知我明天上午八点到校参加慰问孤老户活动。之后我快速奔跑去通知我下面的 4 号同学郭强，他接到通知立即跑向 5 号同学家里。

当时我并不懂得这种冒雨奔跑的行为出于责任感和团队精神，只知道自己是新中国小学生，我们被大人们称为新中国的第二代，所以我们就要把自己做得更好，长大之后服务社会。

每逢新学期开学，班主任老师按照学生们住家的方位编成一支支不同路线的"路队"，并且选定"路队长"。中午放学了，学生们背着书包排成一支支路队，走出校门朝着路队既定方向走去。这一支支"路队"成员多则十几人少则几人不等。我们既是新中国小学生，也是一群让家长省心的孩子。

那时候的小学生路队堪称城市大街上一道移动的风景。我们沿着长街便道行走，沿途还要歌唱"我们走在大路上"。遇到横过马路时，坚持走人行横道线，一个个都是守规矩的小学生。就这样走着走着，有的同学到家了便一步跨出队列，我们大声互道再见。

一路行走人数自然是愈走愈少。最令人感动的是新中国小学生的组织纪律性——即使这支路队最后只剩两个人，我们仍然一前一后排着整齐的队伍，大步朝前走去。

我们这样一路走着，一步步走成一个个守纪律懂规矩的大孩子。这就是生在新中国长在红旗下的我们。是的，我们从小就走在新中国的大路上，一直走到今天。

自行车是交通工具，天津市自行车拥有量多年位居全国第一。计划经济时期购买自行车很难，凭票供应，属于结婚"四大件"之一。天津自行车主要品牌是"飞鸽"，其次是"双喜"，后来改名"红旗"。上海的"永久"和"凤凰"更是名牌，不过大多数天津人不认，认为沪产自行车虽然俏丽但太"怜巴"，不如津货"坐实"。尤其新兴的"钢丝带"天津人更是不认，总觉得它不如"裹边带"结实。这里多少含有几分市民的保守思想。

那时候并不是人人拥有自行车，于是同事或邻里之间"借车"现象时有发生。由于自行车的金贵，借车往往引发矛盾，有的甚至不欢而散，造成隔阂。

既然自行车凭票供应，心灵手巧的天津男人干脆自己动手"攒车"，就是自己买零件儿组装一辆整车。然后拿着一沓子发票去起"捐牌"。攒车，零件儿是不好买的，于是"攒车"的过程便显得漫长，必须天天跑自行车零件商店寻寻觅觅，类似淘金。这过程短则半年，长则一年有余。这个过程无疑磨砺了天津人的耐性。更有心灵手巧者，干脆自己动手制造自行车。他们从废品回收公司买来零件"毛坯"，矫正、除锈，然后或电镀或喷漆，巧夺天工。他们怎么给毛坯零件喷漆呢？那叫一绝。找来一只拖拉机内胎，几个人轮流操纵打气筒给内胎充足了气，这就成了气泵，之后连接喷枪就可以喷漆了。他们的智慧，拉动了天津民间手工制造业的发展——我曾经亲眼看到一个小伙子蹲在马路边儿手工制造了一架二八坤车的"大弯梁"，眼瞅着一辆自行车的车架就诞生了。多年之后我在同一地点看到另一位小伙子正在启动一辆银白色夏利，呼的一声绝尘而去。

民间艺术浅谈

剪　　纸

关于天津剪纸艺术，我当年写过两句话："本来应当是动的，却失去了双脚，不能串街走巷而成为静止的图样；本来应当是静的，却生出双脚登门攀窗，迎风招摇渲染着春节景象。"这两句话描述的正是天津剪纸艺术园地里的一对姊妹：动的"鞋样"和静的"吊钱儿"。

天津的剪纸艺术流派形成较晚。大约清末外埠艺人入津，开设"义和斋"和"进云斋"，天津这地方才开始形成专门从事剪纸营生的店铺。它们大多坐落在天津的西关街、杨柳青一带，渐渐吸取南方剪纸艺术纤丽高雅的特点，形成津门淳朴豪放喜庆艳丽的地方风格。天津是大码头大商埠，并不具有多么浓重的艺术气氛。天津的剪纸艺术，具有极其强烈的实用性质。这似乎与法国的存在主义哲学暗合：没用的东西必然不能存在，存在的东西必然有用。我观天津剪纸艺术，恰恰体现了具有中国特色的存在主义哲学。

说起吊钱儿，它首先是一种民俗，据说源自宋代的"剪春钱"，因其画面剪成"辘轳钱"而得名。最初是贴在房檩上用以避邪，几经演化成为喜庆新春的吉符。吊钱儿是随着浓烈的年味儿朝我们走来的。在旧时津门辞典里，"年"字的分量，无比盛大。正因如此，吊钱儿也就成了"年"的艺术。而在"年"的艺术之中，吊钱儿又成了剪纸代表作。正月里的天津不能没有吊钱儿。换句话说没有吊钱儿的春节就根本算不上春节。那时节，大街小巷被红灿灿的吊钱儿闹出一派春意。天津人仿佛以零存整取的方式积蓄了一年精力，就盯着过年。除夕日贴吊钱儿，这绝对是天津人热爱生活的真实表现。遥想上古祖先处于穴居时代，我们今日张贴吊钱的地方是门窗，恰恰是那时穴居的洞口。几张吊钱儿，我们便将祖先居住的洞口弄得红彤彤喜洋洋。这就是天津人的正月，可谓古风浩荡。说起天津人对喜庆的追求，完全称得上孜孜不倦。

对喜庆吉利的一贯追求，使天津成为一座酷爱现时生活的大都会，也使吊钱儿成为天津剪纸艺术的"先锋"。各种图案的吊钱，本是一幅幅静态画面的制作，倘若将其陈列在博物馆里，那争奇斗艳的图样必然成为一代代方家的收藏极品，弥足珍贵。

然而吊钱儿的魂魄是不能收藏的。它的灵性恰恰属于春风。你将吊钱儿贴上门窗，它一下子就活了——充满了人类的七情六欲。看吧，活跃起来的吊钱方能显出艺术作品的神采。正月里的吊钱儿因此成为生出"双脚"的剪纸艺术品，它不甘心居于象牙之塔而走上大街小巷，煞是招摇。举凡临街的店铺，住家的门窗，过街的门楼……就连近年崛起津门的高层住宅楼，也不乏火红吊钱儿的点染。于是，正月里的天津成了火红的一片。只有在这种时候，在春风之中飘摇飞舞的吊钱儿才是活的。于是我们懂得了一个道理：吊钱儿这种民间剪纸艺术的魅力，既在剪刻之中，又在构图之外。吊钱儿与春风，两者缺一不可。吊钱儿与天津人的市俗精神，浑然一体。这就是"年"的艺术。创作吊钱儿的民间剪纸艺术家们，与其说他们驾驭了剪刀，不如说他们驾驭了春风。这就是天津吊钱儿的独特之处。

津门剪纸艺术的另一奇葩是"天津鞋样儿"。提起鞋样儿总是让人想起三寸金莲，颇有意淫之嫌。遥想当年，那些创造"鞋样儿"的艺术家们其实就是绣花作坊里的民间艺人。他们为妇女绣制花鞋，从而创造出多姿多彩的剪纸图案作为底样，这千姿百态的"底样"居然成为天津民间艺术品，再次印证了天津剪纸艺术的实用主义哲学。

绣花艺人们将鞋样儿复制到鞋面上，就等于是作品的发表。当时不讲"稿酬从优"，然而三寸金莲们却得到了艺术包装。天津鞋样儿这种民间艺术品的发扬光大，有赖于一代代"莲癖"们的收藏，但它的传播方式主要依靠货郎挑子的走街串巷。随着小贩们叫卖针头线脑儿的吆喝声，天津鞋样儿这门剪纸艺术竟然日复一日完善起来，形成三种基本风格。

一是市井风格。吸收杨柳青年画的艺术特点，线条自然流畅而富于生活气息，以连枝牡丹、鸳鸯戏水、喜鹊登枝等为主要内容，品种多样，俗称"四季花"。二是适应上层社会需求，吸收北京的"宫妆"以及江南丝绸图案，构图典雅，做工精细，多见团凤、八宝云头、松梅竹菊等图案，反映了上流社会妇女的时尚与品位。三是应时利节为童鞋而作，或端午或中秋或春节，多为动物造型：玉兔金瓜、小老虎儿、五毒儿等等，形象逼真，神态生动，具有很强的装饰性和象征意味。动物作为吉祥物，它们随着孩子们的脚丫子四处乱走。

三寸金莲早已消亡。"莲癖"的后代已经转向收藏高跟鞋了——也算是专业对口。在天津这座具有保守立场的城市里，作为女人鞋样儿的剪纸艺术早已失去双脚成了"静态画面"而安卧于博物馆了。

有道是：吊钱儿走出象牙之塔，四处招摇；鞋样儿走进象牙之塔，足不出户。这一对剪纸姊妹艺术居然来了一次戏剧性大换防。这很有趣。

这就是社会的变迁。

风　　筝

我所居住的城市，它的风筝在中国北方还是颇有名气的。本埠风筝匠人之中，最负盛名的是魏氏风筝，俗称风筝魏。那是一个名叫魏元泰的艺人，人们叫他"风筝魏"。天津人将"风筝"作为姓氏的定语，这种约定俗成的称谓似乎说明艺人因风筝而获得荣耀。这就说明了风筝的分量。

那是清朝年间的事情了。风筝的制作当时在天津属于扎糊彩绘民间艺术。风筝魏的历史可谓悠久，道光年间它就在津门确立了自己的工艺特征。风筝魏即魏元泰的风筝制作，最初是从冥器制作中分离出来的。也就是说魏元泰原本是一个扎制冥器的艺人。当年魏元泰先生是在扎制冥器之余潜心研究风筝制作的。后来名声随风筝而起，他才放弃了冥器制作成为风筝专业户。他由扎制祭奠亡灵的冥器而转为扎制活灵活现的风筝，我以为这正是生命的升华。到了一九一四年，天津的魏氏风筝参加巴拿马博览会，夺得金奖。东方的艺术精灵飞上西方的天空。

关于天津的风筝制作，属于民间艺术。艺术因扎根于民间而显得珍贵。儿时我在天津娘娘宫大街上见到的风筝，总是给人以飘飘欲飞的感觉。如今回忆起当时的情景，其实是我想飞翔。许许多多像我这样的男孩儿，都将飞翔的理想寄托在风筝身上。如今我懂了，就其灵性而言，风筝属于蓝天的艺术。尤其是天津风筝魏制作的风筝，总让孩子认为它的诞生就在云端。天津大街上叫卖的风筝，几乎都是大路货。而如今风筝魏的后代制作的精品，则是孩子们可望而不可即的。

春日放风筝的队伍里，并不光是孩子们的世界。鹤发童颜的老叟们返老还童，将自己混迹于顽童之中，尽情与蓝天嬉戏。老叟手中的风筝，当是真正的精品。

魏氏风筝的精品，很不简单。令人称奇的是它结构的精巧绝妙，体现出"该大则大，不该大则小"的民间智慧。一架蜈蚣风筝，长五丈，直径三寸，由一百节身段和二百根须子组成。这只形体庞大的蜈蚣飞上蓝天平稳自如，落地之后拆卸开来，竟然能够装入一尺见方的锦盒之中存放，真可谓大到无形之外，小到玲珑之中。

自从有了形形色色的风筝，天津的蓝天一下子就活泼起来。无论是顽童还是老叟，手牵一线，便系住了天上飞舞的活物儿。蓝天之下青云之上，其乐无穷。

魏氏风筝的主要艺术手法是仿形。这或多或少与今日之仿生学有关联。风筝的形状，或仿飞禽，或仿走兽，还有飞虫、鱼类以及几何图形，甚至人物，诸如孙悟空之类。魏氏风筝的彩绘手法，仍以仿生为基础，写意与写实相结合，重彩勾勒，借鉴融合"退晕法"使之色彩鲜明，画面丰满，艺术特色别具一格。魏氏风筝升空之后，飞姿安稳，颇具大家之气。它给天空带来的色彩，则使天空更加明丽，于无限高远之处，点缀出几分灵性。魏氏风筝的总体艺术把握体现在它独特的彩绘手法上。风筝持在手中，可得到近在咫尺的静态效果；风筝放飞天上，大势之中遥遥透出模糊状态下的高远神韵与风骨。这一近一远一大一小的辩证法，恰在一只风筝上得到完美的统一。

童年的风筝是永远也不会降落的，它伴随着流水时光，高高飞翔。只记得那时候的天最蓝，云最白。不惑之年追忆童年的风筝，就需要很长很长的思线。风筝属于蓝天的宠儿。生命与蓝天相关，其灵性必然不死。从一九一四年巴拿马赛会夺得金奖到今日，天津的魏氏风筝悠久的艺术生命，依然高远。

好在风筝是没有年龄的，好在风筝天长地久。对我来说，童年的风筝非常重要。它使我在阴云之时，拥有蓝天。关于飞翔的期待，也因人生的成熟而变成美好的梦想。这就是蓝天和风筝。

好在风筝是没有国界的。同在蓝天下的风筝，永远放飞着人们的理想与希冀。

歌　舞

你想象不出当年天津歌舞是个什么模样。我说的是当年古老的天津歌舞。是的，你肯定想象不出。

我能想象出那时候的天津歌舞，一定是个大模样：赳赳且悠悠，绵里含刚。绵软里含着刚硬的东西。这就是天津当年的大歌大舞。

事情是这样的。据说从福建那边浮海而来的一群道人，登陆于大沽海口。当然那时候未必就有大沽这个地名。登岸的道士们也未必就有哥伦布那样的辉煌。这也无妨。他们住了下来，称为"伙居"。他们成为天津早期居民的一支。

后来，三岔河口才有了驻防的兵士，也就是这一群兵士使这里被称为"直沽寨"，后来又成了"天津卫"。兵士们身高体壮，声若洪钟。

登陆大沽口的道士们，一定是有歌舞的。

驻扎三岔河口的兵士们，一定是有歌舞的。

当年的天津一定是有歌舞的。

我想起很久很久以前孔子的学生曾晳说的一番话："莫春者，春服既成，冠者五六人，童子六七人，浴乎沂，风乎舞雩，咏而归。"

　　孔夫子听罢学生的这番话，很感动，也很赞成。歌之舞之，这是何等的潇洒与豁达啊。人类，真的离不开歌舞。没了歌舞，还叫人吗？

　　于是，我想到了那些在大沽口登陆的道士。他们庄严持重，而且还有法事要做。然而他们必然是有歌舞的。他们不可能像当代人这样，活得干瘪而了无生气。

　　道士们有歌舞。那是一种脱胎于法事的歌舞。或者说古老的天津歌舞就是由道家法事演化而来的。你看。你看吧。

　　这是一种名叫"鹤龄"的歌舞，如今已经难得一见。据说这就是从当年道士作法而演化出来的歌舞，当然是似俗非俗。当然是载歌载舞。

　　似俗非俗载歌载舞的鹤龄，究竟是什么模样的歌舞呢？

　　它是这样的：六名小童儿脚踩短短的木跷，四只仙鹤两只彩凤，分别系在他们的腰际。这六名小童儿，在单皮鼓、小锣小钹的音乐伴奏之下，歌之舞之。他们的舞姿，看上去颇有几分简单，互相环绕穿插，做出一组组仰俯腾跃的动作，翩翩欲飞。真的，他们的动作颇有几分简单。然而正是从这种简单的动作里，我蓦然明白了简单与复杂的关系。这是我在大学的哲学课程里从未学到的东西。民间形式，永远是简单的。恰恰如此，她的内涵则越发深刻。

　　还是说鹤龄吧。这种歌舞的伴奏音乐也不复杂。它原本来自民间小调，经过世世代代的演奏，久而久之成为器乐曲牌——这正是"俗"的渗入。这也恰恰说明，缘起宗教的歌舞鹤龄，其实也是俗世凡尘的一种特殊产物罢了。鹤龄的歌词如今均已亡佚，但是它作为宗教法事向民间歌舞"还俗"的桥梁，却是事实而并非猜想。

鹤龄，这正是一种似俗非俗的古老。它是天津地域民间文化的最好诠释。

还有"天津法鼓"。

天津法鼓是天津民间音乐的著名曲牌。一个"法"字，则尽见其内貌也。究其渊源，天津法鼓来自当年僧道作法之时所演奏的宗教音乐，可谓出身"原装"。近年来，人们在弘扬中华民族优秀传统文化口号的鼓动之下，复兴了"天津法鼓"，我曾经在津西名镇杨柳青目睹了天津法鼓的大场面。

它的场面是挺大的：茶挑子、旗幡、彩帜、高照、灯牌等等执事，随着音乐围着场子不停地走动着，锣铙钹铛诸种乐器之中，以鼓为主，舞乐不止。这样就突出了天津法鼓的"鼓"字。然而，天津法鼓的形式，同样是简单的，一点儿也不复杂。这种形式只能证明它的古老。

古老往往是简单的。譬如说结绳记事和沙漏计时，就比电视里濮存昕的广告"商务通"要简单得多。简单，是古老的特征之一。

天津从明朝设卫屯兵，其歌舞也与兵家有了几分关系。就说以桃花而著名的天津西沽吧，最初这里便独有一种"太平花鼓"。这种号称"太平"的歌舞，表演起来还是颇有几分"兵味儿"的。

六男二女装扮成八个小童儿，手执霸王鞭和太平鼓以及小锣，随着笛声而载歌载舞，本身就体现了一种尚武精神。这种太平花鼓同样形式简单，一目了然。天津文化积淀不深，这太平花鼓从何而来呢？据传，明朝永乐年间，来自朱元璋家乡安徽凤阳的子弟兵驻守此地，家属渐多，"凤阳花鼓"便进入天津，逐步演化为"太平花鼓"。这或许是当年天津最早的一次"艺术引进"，经过长期沿革，来自南国的太平花鼓融汇了北方昆曲与河北民歌以及皮影调的旋律，形成了独特的民间艺术风格。这是天津这块大码头面对外来

46

艺术所表现出来的巨大亲和力与熔融精神。九河下梢，必然要接受来自上游的东西。无论你愿意还是不愿意。

当年的天津，还有一种形式更为简单的歌舞，名叫"老虎杠箱"，实为军营兵士排练的一种技击歌舞。

天津歌舞论其出身，或源于道僧，或出自兵营，它们共同的特征就是形式简单。由此，天津人的外化性格，可见一斑。我们的文化先祖，除了僧道，就是兵卒。

似俗非俗的歌舞。似兵非兵的歌舞。这尚武的码头文化，庄重和谐而又古朴强劲，恰恰体现于简单的民间形式之中。

真是简单啊。简单得让人弄不懂它为什么这样简单。

民间音乐

这里是码头。于是天津的很多民间艺术都凸显出一种强烈的实用性。就说音乐吧，天津肯定有她的音乐。天津的码头文化与它的世俗精神，注定这里的音乐不会是在音乐厅里演出，它往往是在生活之中的各种场合里奏响。

譬如，生与死的场合，也就是红白喜事的场合。因为有生，因为有死；生与死都是生命的形式，因此必须有音乐。

天津的丧文化之发达，甚至远远超过其他文化而居首。然而我要谈的仍然是天津的喜乐。我喜欢生命的礼赞。

天津喜乐对生命的礼赞，仍然不离其市俗文化精神。

说起天津喜乐，真是太豪壮了，甚至豪壮得有几分黑色幽默的味道。你知道最初的天津民间交响乐手是什么人担任的吗？

剃头匠。

是的，最初的天津民间交响乐手是由剃头匠们担任的。演奏喜乐则是他们剃头刮脸的一门副业。这符合今日"一专多能，全面发展"的人才理论。剃头匠在中国的天津居然成了贝多芬与施特劳斯的同行。

天津喜乐有三种。

一种，是以唢呐吹奏的满乐。一种，是以铙钹大鼓演奏的"南吵子"打击乐。一种，则是以管弦演奏的汉乐府曲调，被称为"细吹"。

南吵子。细吹。这名目听起来，很像大众餐馆里的菜谱。这就是天津喜乐的实用性质。

音乐配器最显深厚的首推"细吹"。细吹也称"十番"或"十样锦"。你听，还是菜谱。天津人就是离不开吃。细吹，以笙管笛箫为主，月琴佐以堂鼓云锣钹铃等打击乐器，演奏风格清扬幽雅，这种喜乐为民间婚娶仪式而专设，规模很大。

细吹，这是一种朝着生命吹打的大乐。当年的细吹，又是什么样子的呢？

情况是这样的。婚仪的头一天晚上，乐手们便上门来了，当然是到男方家中，晚饭之后向着新婚洞房吹奏一阵，谓之"响房"。此时的节奏热烈，曲调明快，吹打出铺天盖地的喜气，充满了人间的活力。这就是开始曲的功能。

之后，乐手们在相当长的一段时间里，演奏名为"坐棚"的曲子。这是不懈的吹打，生命因此而蓬勃。明天即将成为新郎的男人，因此而激越。天津喜乐在实用的天地里，其艺术精神也悄然得以实现，尽管演奏者里有好几位都是大街上的剃头匠。

半夜时分，开始演奏"细吹"。这才是主题。内容多为民间曲牌"太平年""铺地锦""照花台"等等，不一而足。然而这一支支曲调，均不同于古乐"十番"而是纯粹来自民间的蕴含着十足的喜庆色彩的生命礼赞，那悠扬那清劲，分明是一种民间的诉说。诉说什么呢？无外乎是对生命的繁荣与延续的祝福。

婚仪属于民俗，同时又象征着一种天地亲和的新生命的即将降临。天津喜乐恰恰是伴随着生命而吹打的，失去生命的蓬勃，也就失去了天津喜乐的内容。

天津喜乐是家常的。它极少含有西方交响乐的深沉而更多地表达了喜庆和欢悦。于是，婚仪现场便成了最为典型的音乐厅——喜气弥散在空气里显得十分浓烈，这不是一种肤浅而是一种不应含蓄的外化。天津人的外化功能，全国第一。

这也是艺术在实用之中得到存活与发展的最好例证。当然，剃头匠明天照样儿上街给人家理发。艺术，是不能直接转换成饽饽的。

生命不仅仅是喜庆。人，总是要死的。天津也有丧乐。死亡在音乐之中同样具有意义。丧乐在天津人口中被称为"大乐"。一个"大"字冠首，可见丧乐在天津日常生活里的分量。一个"大"字似乎更能说明天津人对丧乐重视，往往超过喜乐。这种所谓大乐，它的很多曲牌体现在庄严恢宏的悲壮之声中，满乐汉乐兼而有之。它体现了人们对死亡的市俗理解。

如果说生与死同为生命的表现形式，那么天津喜乐与天津丧乐便是异曲同工了。随着婚丧习俗的变化，从前的天津喜乐和丧乐同样在我们的日常生活里消失了，就像发廊女替代了剃头匠一样。

天津的古老音乐，只是在历史里回响着，据说有人仍然能够听到它。

厕所忆旧

　　天津的老城厢，建于明朝永乐初年，属于地道的老天津卫，城中多为平房。解放之后人口激增发展成为大杂院，沿袭旧制基本没有水冲厕所，人们的新陈代谢主要依赖于"马桶"。这很像上海。上海马桶以水洗刷，因此城市清晨千家万户哗哗哗刷洗马桶的声音，几乎成为当年上海城市第一交响曲。天津则不同。天津老城里地区多年以来不改这样一道风景：每天都有清洁工拉着小车，拐弯抹角一路行走，沿途高声吆喝"磕——灰——啦！"人们于是闻声而动，争先恐后端着自家马桶奔出大门，纷纷磕灰。"磕灰工"因此受到尊重，还涌现出著名劳动模范。二十世纪六十年代有一首名叫《小粪车，我的好朋友》的歌曲，"小粪车，我的好朋友，天天拉着你到处走"传唱一时，歌颂对象正是清洁工人。其中有一段"拐弯儿往前看，注意保安全"的歌词近乎今日的 RAP 说唱，节奏强烈给人留下深刻印象。如今随着城市"危改"的深入，"磕灰"现象已不复存在。

　　天津旧租界地区洋楼林立，讲究私人生活，不乏豪华卫生间，即使以木结构建筑为主的日租界，居家也是有冲水厕所的。

　　老城厢以及广大华界地区，人们的日常生活离不开"公共厕所"。初期的公共厕所均为"旱厕"，始建于民国时期。天津老百姓

50

称公共厕所为"官茅房"，即官方投资兴建之厕所也。解放后南市地区有两座规模最大的"官茅房"，一在官沟街东头临近和平路的地方，一在东兴大街的华东照相馆对过儿。

我记得，当年公厕墙上曾经挂有装着一叠叠手纸的小木箱，使用手纸投入硬币，完全凭你良心。后来，这种装有手纸的小木箱随着传统的淡化而消逝了。说起传统文化，民间曾经供有"厕神"，据说人称紫姑。紫姑为一女子，被黑心嫂嫂害死在厕所，因此受到善良人们的供奉。

天津这地方还有一种胡同居民共同出资兴建的"社区厕所"，它的最大特点是不愿意让路人使用，颇有俱乐部性质。我十岁那年曾误入坐落在南市治安街一条死胡同里的此类厕所，方便之后随即遭到"业主"白眼。这种民办厕所，郊区农民定期前来淘粪，以料抵工一举两得还巩固了工农联盟。

天津市当年最为著名的公共厕所当数坐落在黄家花园五岔路口中央的"圆茅房"。堂堂英国租界地，主事者竟然将一座圆形厕所建在大马路中央，今日想来真是匪夷所思。随着时代变迁生活进步，出现了"星级厕所"。天津的公共厕所也已成为市政建设蓝图里一道亮丽的风景。由于"危改"，一部分公共厕所被拆，无处复建，造成行人内急而走投无路。地皮牵涉商业利益，选址遇到麻烦。据说政府正在设法"补建"。这个问题应当得到解决。

只是再也听不到《小粪车，我的好朋友》那首歌了。

点点滴滴劝业场

沿着"绿牌电车道"从法国教堂朝着和平路方向行走，过了河北路便繁华起来。过了山东路一侧的中原公司，即进入"劝业场地域"了。劝业场，是这座城市商业文明的象征，尤其是我童年时代的劝业场地区。

童年时代的劝业场留给天津孩子的最深印象应当是"哈哈镜"。一面镜子将你变得又细又长，另一面镜子再将你变得又胖又扁，引人哈哈大笑。长大成人，我在南方一座城市里见到"哈哈镜"，心中想起的还是天津劝业场。

小时候，记得劝业场是包含"天祥商场"的。比如走进劝业场向售货员打听文具柜台在几楼，得到答复之后你往往再问一句："是天祥还是劝业场？"

这是两座商场耦合而成的大型商厦，中间有通道相连。记得劝业场有一座旋转式楼梯，很有气魄。"天祥"则是一座天井式建筑，柜台分布在周边。为了防止天井坠物，"天祥"在一楼与二楼之间设有一层钢丝网。儿时，我曾经多次折叠"纸飞机"掷入天井。一只只"纸飞机"盘旋而下，最终落在钢丝网上，我便认为它安全着陆了。

记忆之中第一次在劝业场购物是一九六〇年。深秋季节在农场劳动的母亲放假归来，看见我的鞋子露了大脚趾便带我去劝业场买了一双新鞋。我清楚地记得我穿着新鞋跟随母亲从设有电梯的"天祥"小楼梯下楼，径直去了劝业场后门一家饭馆，一人一碗漂着稻壳的糙米饭，又要了一份"素炒蒿子秆儿"。

一九六四年夏天，我首次走进劝业场顶层"天外天"的消夏晚会，心情很是激动。我从一楼乘坐电梯直达顶层。一张"天外天"消夏晚会门票，可以去露天剧场听曲艺，也可以进入室内剧场看电影，好像还可以去打"克朗棋"什么的。每次消夏晚会我都去看曲艺节目，因此记住了许多天津曲艺名家。比如唱天津时调的王毓宝，唱乐亭大鼓的新韵霞，还有王宝霞、王元堂以及一批相声名角。

我还在"天宫"看过很多场电影，有学校组织的，也有自己买票的。我记得《好兵帅克》里一个大胡子士兵钻进伙房偷吃猪肘子，那东西好像还是生的，引人发笑。

"天华景"演戏，有时也演曲艺。我在那里看过常宝霆与白全福的相声。常多次以扇子击打白的光头，令我惊讶不已。"文革"期间，我在和平路新联照相馆旁边的小胡同口见到白全福，一大早他端着钢精锅横过马路去嫩江路打浆子买果子，表情依旧和蔼。

"文革"期间，没了歌舞升平的"天外天"，成为"顾客止步"的禁地。很多人并不知晓它当年带给天津人的快乐。大约一九七四年春天，我有机会再度进入劝业场顶层花园，已经物是人非，内心颇为感慨。

我们是来跟劝业场职工篮球队打比赛的。那时我才知道"天外天"居然还有一座灯光篮球场。那场比赛我们赢了。其实那只是一场普通的灯光球赛，我却认为那是一场楼层最高的球赛。人生的经历，往往不可重复，也往往不可超越。

位于"天祥"二楼的古籍书店也是我经常光顾的地方。二十世纪七十年代初期我在那里见到线装版的《稼轩长短句》，没钱买。我还在书架上见过当时的作者赠送给出版社编辑的签名本。我暗暗想道，人家好心送书怎么你给卖了呢？这多不好啊。

我的一位邻居是劝业场护场队员，平时不苟言笑。我多次在劝业场遇到他在便衣巡逻。工作时间里他从来不跟我说话，令人起敬。可惜他英年早逝。

无论对于孩子还是成人，记忆里的劝业场都是一个辉煌大世界。吃的、穿的、用的、玩的，无一不有。我甚至认为劝业场已经形成"代文化现象"和"地域文化团"。"代文化现象"影响着一代人，"地域文化团"则是大劝业文化商圈的概念。

劝业新厦落成之后，我去那儿买过一套组合音响和一台微波炉，这两宗物件花掉我的一部中篇小说的话剧版权费，也让我做了一次新劝业场的消费者。当时置身宽敞明亮的购物环境里，我觉得劝业场也在成长，尽管在老一辈天津人记忆里它依然是华世奎先生题写的那块金字大匾。

豇豆、环岛及其他

有人说，德国产生了康德、黑格尔那样的伟大哲学家，也产了巴赫、贝多芬、门德尔松那样的伟大音乐家，还产生了歌德、席勒、海涅那样的伟大诗人，因此，德意志民族既充满哲理思辨精神也极具诗意浪漫情怀。这就是说德意志是理性思维与感性思维高度融合的民族。其实，不同国家甚至不同民族确实存在文化性格差异。比如浪漫的法兰西与刻板的英格兰，比如精细的上海男士与豪放的东北大汉。

还有拉丁语系民族。这些年我们观看古巴女排比赛，电视解说员多次谈到"拉美血统性格运动员，比赛过程中情绪起伏比较大，容易出现技术发挥不稳定的被动局面"。于是，意志坚强情绪稳定的中国女排便获胜了。这次女足世界杯决赛巴西女足输给德国女足，据说就是整体团队的严谨精神战胜了个性奔放的即兴表演。

这可能就是民族差异。我以为，不同地域甚至不同城市之间，同样存在这样的差异。譬如天津与北京。这种差异，首先体现在日常生活的词语方面。

天津人走进北京的菜市场，很容易看到一种蔬菜：豇豆。这种蔬菜多年以来都被天津人叫作"长豆角"。而北京人的"扁豆"则被天津人称为"弯子"（"弯子"的得名是为了区别于一种名叫"滚子"的豆角）。

豇豆与长豆角，扁豆与弯子，相同物质的不同命名，似乎佐证着京津两地不尽相同的思维定式。北京人叫"豇豆"，名称规范，指向准确，充满理性思维色彩。天津人叫"长豆角"，以形体特征命名，"长"属于形容词性质，充满感性代称色彩。北京人叫"扁豆"，是正规称呼。天津人叫"弯子"，是以形命名。北京人的"豇豆"和"扁豆"，显出理性思维的特征。天津人的"长豆角"和"弯子"，乃是市井俗称，归为形象思维范畴。

北京十字路口的"环岛"，广为人知。然而在天津依然叫"转盘"。老天津人都知道河北区马庄转盘。北京的"环岛"与天津的"转盘"，体现了我们现代汉语的两个特征。"环岛"体现汉语的"能产性"，"转盘"体现了现代汉语的"凝固性"。

城市立交桥下的岔道，北京人叫"辅路"，天津人称为"桥底下"，理性思维与感性思维的不同，如此泾渭分明。北京人的"油条"，属于具体称谓——"油炸之条状食品也"。天津人的"果子"则来自泛称了。因为"果子"在明清小说里包括点心什么的。

"语言是思想的直接现实"，如此说来，语言表达的是思想，思想是语言的内涵。没有思想，语言便成为一堆毫无意义的符号。人类思想与人类语言，是内在与外化的关系。

那么人类方言呢？它应当是一个地方的主要人群表达思想的独特方式。天津人说天津话，表达着天津人的思维方式。北京人说北京话，表达着北京人的思维方式。

然而，新中国成立以来首都北京成为移民城市，老北京的地域色彩日减，包括老舍先生小说里的北京方言土语。举凡移民城市，外来人口众多，各路方言混杂，时时面临语言交流的障碍。于是出现"汉民族共同语"也就是我们的普通话。普通话的推广使得城市语言走向规范。在北京那样的移民大都会，就扁豆名称而言，各路方言不尽相同甚至相差极大（在皖省它叫四季豆），必须依靠规范语言方可交流。因此，规范的普通话词语越来越多地出现在北京市民的日常生活中。久而久之，北京市民日常生活语言越来越多地显现理性色彩——譬如日常语言的规范化，豇豆和扁豆就是例子。

天津历史上也是移民城市，九河下梢，五方杂处。如今与北京、上海乃至深圳相比，外来流动人口较少，春运期间并没有明显的"民工潮"。于是，属于地域方言的词语便比较全面地保留在人们口头。"长豆角"与"弯子"虽然不能完全概括地域文化性格，却或多或少反映了天津人偏重形象思维的特点。与北京人相比，天津人似乎比较感性——譬如我们将"走辅路"说成"走桥底下"。

北京是中国古都，历史上充满皇城文化特征—— 一条中轴线贯穿正南正北。天津历史上是水旱大码头，城市沿水而建，一河两岸不论东西。旧时华界被称为"上边"，租界被称为"下边"。这是以地势高低区分华洋两界。如今，很多充满感性色彩的词语已经从天津市民口头消逝，向着普通话靠拢了。

想起小人儿书

得知《天津连环画史话》即将出版，这引起我的童年回忆。在我们天津方言里，连环画被称为"小人儿书"。天津人最忌讳"小人"，于是语音里加了儿化韵，立即有了童心童趣。说起小人儿书，这几乎是每个成年人的童年记忆，甚至可以说是一个人接受开蒙教育的起点。小人儿书存在于我们的世俗生活中，悄然间起到启智与教化的作用。

当年，天津市还是中国的第二大城市，本埠市民文化独特而深厚。我的童年是二十世纪五十年代末到六十年代初，"小人儿书"几乎成为深埋记忆深处的黄金。

那时候，每逢天津老城区黄昏时分，小街便响起的手摇铜铃声，这正是流动出租小人儿书的手推车来了。你昨天租阅的几册小人儿书，今天就要归还了，一天租金只有两三分钱。那时候，不少街区也有固定阅览小人儿书的店铺。孩子亲昵地叫它"小人儿书铺"。你可以花钱借阅小人儿书，薄的二分钱，厚的三分。然后坐在条凳上贪婪地看着。你身边往往挤着两个兜里没钱的小伙伴，用今天的话来说叫共同分享。

举凡小人儿书铺都有面朝大街的玻璃窗，一册册小人儿书的封面被取下挂在玻璃窗里，于是孩子们就站在窗外踮起脚尖儿打量着，尽情挑选着自己心仪的连环画。记得那次我和两个小伙伴站在玻璃窗外看到一册名为《恋爱问题》的小人儿书，心中很是好奇，于是就联合一小伙伴撺掇另一个小伙伴进屋去借，并且反复告诉他小人儿书叫《恋爱问题》。

他很快就从小人儿书铺里出来，说人家根本没有这本小人儿书。

我问他，"你说借什么小人儿书？"他大声回答，"我说'借练答问题'"。

是啊，恋爱这个词儿对小毛孩子来说，既遥远又生疏，他说成"练答问题"也是合乎儿童逻辑的。

有的长篇连环画十几册甚至几十册，小孩子们就攒起零钱一册一册地借阅，比如《三国演义》《水浒传》。还有一种"电影小人儿书"，它从一部电影胶片里精选重点场景连缀成连环画，将一部精彩电影故事呈现给你。当时很多中国电影明星，我都是从这种"电影小人儿书"里见到的。那时节，坐在小人儿书铺里看小人儿书显然比走进电影院里看电影便利得多。

当时的小人儿书已经进入我们的生活深处成为生动的细节。如今，它只能是城市居民男女老少的共同记忆。

当今进入高科技时代。三维动画大行其道，还有网吧与电子游戏机。小人儿书已然成为昨夜星辰，风光不再。天津这座文化历史并不悠久的城市，却有着自身鲜明的文化特征。据说在民间文化收藏界，连环画收藏已成显学。从"五〇后""六〇后"到"七〇后""八〇后"，本市连环画收藏界带有明显的"天津元素"。吕明积十年之功撰写《天津连环画史话》，既填补了天津在这方面的空白，也疑结了一代人的共同记忆。难道不是这样吗？小人儿书不光是那时候的童年读物，它也是那时候的成年人童话。在我们乏善可陈的日常生活里，童话——永远弥足珍贵。

第 二 辑
一个水煮的节日

一个水煮的节日

　　中国西南少数民族地区有泼水节，名气很大。因泼水而成为节日，可见当地水利资源十分充沛。中国西北地区的塔克拉玛干地区肯定没有泼水节。沙漠没水。所谓节日种种，其成因往往与地理环境有关。著名的哈尔滨冰雕节倘若挪到南沙群岛，大概很难举办。一方水土养成一方习俗，正是南甜北咸东辣西酸，各不相同。然而，大同还是主流，小异则是特色，譬如说元宵和元宵节。

　　中国人的节日，往往以"吃"为外部特征，元宵节也是这样，人们集中精力吃元宵。于是它成为一个又甜又黏的节日，而且还有一碗热汤，童叟皆乐。

　　元宵节的主要内容是吃元宵。当然，还有赏花灯、猜灯谜以及燃放花炮等等户外活动。这一天恰是农历正月十五。为什么称正月十五为元宵节呢？

　　我们所说的正月即为元月。古人称夜为"宵"，譬如良宵，就是美好夜晚的意思。既然称夜为宵，称正月为元月，正月十五乃一年之中第一个月圆之夜，于是称为"元宵节"。一元复始，大地回春，因此元宵节又称"上元节"。上元节夜晚合家团聚其乐融融，观焰火猜灯谜吃汤圆，继正月初一之后，再掀节庆高潮。元宵节，既是"过年"的总结会，年味儿从此画了句号；又是来年劳作的动员会，具有承前启后继往开来的意味。古人设置节日那是很有道理的。

元宵节无疑是我们继承祖先的一笔文化遗产。可祖先的元宵节究竟起源于何时，后人似乎并不清楚，因此其说不一。

一说元宵节起源于汉代。汉惠帝刘盈驾崩，吕后篡权，指使吕氏宗族把持朝政。吕后去世之后，周勃、陈平一班老臣见机行事，调动御林军铲除吕氏势力，重整汉室拥立刘恒即位为汉文帝。

据说平息诸吕叛乱的那天，正是正月十五日。从此，每年正月十五的夜晚汉文帝都要微服出宫走进民间，与百姓同乐，以此纪念"平定诸吕"，并将正月十五定为元宵节。汉武帝时，祭祀"太一神"的活动就在正月十五举行。西汉"太初历"已将元宵节列为重大节日。

相传春秋时期楚昭王经过长江，那天恰好正月十五。只见江面之上有物漂浮，浑圆且外白内红，滔滔而顺流直下，似有甜美味道不散。昭王不解何物遂请教于孔子。孔子说："此浮萍果也，得之者主复兴之兆。"昭王大悦。

这传说似乎便是早期元宵的雏形。因此元宵在中国南方称为"浮圆子"和"水圆"，似乎暗暗迎合着"孔子对楚王问"的原型。

关于正月十五煮食元宵的习俗一说始于宋代。宋周必大有"元宵节煮浮圆子，前辈似未尝赋此"之句。就是这个周必大还专门写了一首《元宵煮浮圆子》诗："今夕知何夕，团圆事事同。汤官寻旧味，灶婢诧新功。星灿乌云里，珠浮浊水中。岁时编杂咏，附此说家风。"

此诗颇有几分意境。浮圆子即汤圆，浊水即元宵汤。元宵漂浮于汤里，宛若一轮明月悬挂天际。天上月圆，碗里汤圆，天人合一，全家共度元宵良辰。

宋姜白石《咏元宵》有"贵客钩帘看御街，市中珍品一时来"

之诗句，这"市中珍品"即指元宵。南宋周密《武林旧事》专门写到元夕，提到"乳糖圆子"，也是元宵。

起初，元宵是被称为"汤圆"的，因为它只在元宵节上市，久而久之竟然直呼为"元宵"了。以节日名称取代食品名称，汤圆就这样替换成为"元宵"。然而，它的内涵还是不变的——好吃。如今，中国南方仍然称元宵为"汤圆"。

说起汤圆的制作方法，早在明刘若愚《明宫史·饮食好尚》里说得清清楚楚："其制法用糯米细面，内用核桃仁、白糖、玫瑰为馅，洒水滚成。如核桃大，即江南所称汤圆也。"

然而，刘若愚所说"玫瑰为馅，洒水滚成"，应当是专指中国北方的元宵制作工艺。以北京制作元宵为例，首先做馅儿，那馅儿的品种繁多，有山楂、桂花、枣泥、澄沙、白糖、芝麻等等口味。元宵馅儿通常以果料拌糖，制成骰子形状，适量放入盛有糯米粉的大笸箩里，然后反复摇晃笸箩，一颗颗馅儿便在糯米粉里滚来滚去，沾了一层粉子。然后捞出蘸水，将馅儿重入笸箩继续摇滚，便又裹上了一层糯米粉，如此反复多次，那馅儿便层层裹上了厚厚的糯米粉，终于摇出·只只白白胖胖圆圆滚滚的大元宵。

最为有趣的是摇晃笸箩的伙计们，一边摇晃一边歌唱，俨然歌者舞者矣。游人不免驻足围观。《燕京岁时记》说："市卖食物，干鲜俱备，而以元宵为大宗。亦所以点缀节景耳。"其实，伙计们的这种表演恰恰为了招徕生意。大庭广众之下，边摇边唱，边唱边做，边做边卖，仿佛京戏里的唱念做打，生意也就兴隆起来。

当年北京东四南大街的合芳楼，东四北大街的瑞芳斋，地安门外大街的桂英斋、桂兰斋，正阳门外大街的正明斋等店铺，每逢元宵节都是提前高搭席棚，悬灯结彩，摆案子架笸箩，大做元宵生意。市民们纷纷购买，全家煮而食之，以取团圆和睦之意，果腹解馋的同时也表达了新春美好的祝愿。

技术进步设备更新，如今小伙计和大笸箩统统没了踪影。中国北方城市制作元宵多为旋转式电动滚筒。白白的糯米粉里滚动着色泽鲜艳的元宵馅儿，仍然吸引着一群群好奇的孩子。

中国南方则不同。南方人制作汤圆，并非"洒水滚成"而是添水和面，将糯米粉制成面团儿，手工包馅儿，其方法类似制作肉馅馒头。南方的汤圆，还有一种无馅儿的。而北方汤圆则个个有馅儿。

我们从祖先留下的食谱里看到，春节的年糕、元宵节的汤圆、端午节的粽子以及中秋节的月饼，统统成为中华民族传统文化的象征，深深嵌入了我们的日常生活，难以消弭。

台湾民歌《卖汤圆》唱道："一碗汤圆满又满，吃了汤圆好团圆。"以此象征团圆吉利之意。然而，关于元宵，还有一类故事，存于野史，试举一则。

据传，窃国大盗袁世凯篡夺辛亥革命成果，一心梦想复辟登基当皇帝，他深知倒行逆施必然遭到民众反对，终日提心吊胆。有一天，他闷闷不乐坐在家里，猛然听到大街上传来小贩拖着长腔的叫卖声："元——宵！元——宵！"顿时感到头晕目眩，因为"元宵"二字音同"袁消"，含有袁世凯被消灭之嫌疑，于是大为惶恐。一九一三年正月十五之前，他下令禁止称"元宵"，只能称为"汤圆"或"粉果"。然而，广大百姓根本不买账，照样"元宵元宵"叫着。终于叫得"洪宪皇帝"驾崩，果然"袁消"了。

古代元宵是水煮的，到了今日，汤圆不但水煮，还可以油炸。

但是，我们还是提倡水煮汤圆。油炸的不好。从这个意义上讲，元宵节就应当是一个水煮的节日。每逢正月十五阖家团聚，我们就站在灶前煮汤圆。望着水中翻滚的大汤圆，那心情一定是很不错的。

正月十五元宵节，这是一个水煮的节日。

钓鱼与钩鱼

我记忆里的几次钓鱼经历，都不是严格意义的钓鱼。第一次钓鱼是一九七一年初春在水上公园的小南湖。这湖里养着"拐尖儿"，禁钓。我们几个同学弄来一根根江苇做钓竿，一会儿就钓了二十几条，然后溜出公园大门。如今回忆这不是钓鱼是偷鱼。

第二次钓鱼是一九七六年夏天参加抗震抢险队住在厂里，浑身充满天不怕地不怕的英雄气概。为了改善伙食我跟随同事们翻越墙头跑到河沟里钓鱼。夕阳似火，一尾尾跃然出水的鲫鱼闪动着鳞光。

这几年外出参加活动也有几次钓鱼的经历。养鱼池里鱼儿密集，池主极尽逢迎钓客之能事。我不擅钓也小有收获。这种垂钓尽失天然野趣，近乎水畔买鱼，距离高英培相声《钓鱼》里的"二儿他爸爸"，一步之遥。

我以为，天下垂钓者虽然注重结果，然而更加注重过程。一池绿水，微波荡漾，持杆垂饵，心静似水，身定如石，寡语如金，这正是人与鱼的博弈，充满难以言传的妙趣。儿时听到姜太公渭水垂钓的故事，还有富春江的严子陵，后来读到"子非鱼，安知鱼之乐乎"那富于深刻哲理的诘问，以及柳宗元"孤舟蓑笠翁，独钓寒江雪"的深远意境，更加景仰以不变应万变的先贤风范。至于袁世凯头戴斗笠安阳垂钓的照片，则成了窃国大盗玩弄权术的历史写照。

我以为，垂钓者的形象毕竟表达了一种人生状态，譬如淡定从容，譬如戒躁用忍，譬如欲速则不达。总而言之，垂钓的妙趣是过程大于结果的。

记得小学时候挖苦读别字的人，就将"钓鱼"说成"钩鱼"。一"钓"一"钩"，字形近似，却有着本质区别。钓，尚凭技巧且设有鱼饵。钩，则显得赤裸裸了，透露着直奔主题的急迫心理。很久以来，我不认为世间有"钩鱼"伎俩。前几天，在津河桥上看到一群"钩鱼"者，令我大开眼界。

那一段津河水草丛生，常有鱼儿出没其间。"钩鱼"的汉子们手持鱼竿双目圆睁，满脸焦躁地将"三叉鱼钩"投入水草丛中，随即发力甩竿提钩出水，以期钩得鱼儿。他们的频率极高，一甩竿一提钩无限重复着"钩鱼"动作。钩鱼者使用的三叉形鱼钩无饵，好似一件袖珍兵器。由姜子牙先生流传至今的悠久钓技，完全被当代人解构了。

我不知道从"钓"到"钩"，是进步还是退化，驻足桥头观看，只觉得如今大行其道的"钩"不光节省鱼饵，还彻底取消悠悠垂钓的过程。这新兴的钩鱼技术目标明确，删减过程拒绝烦琐，直奔结果。由"钓"而"钩"是对事物过程的全面放弃，如同将细细品茶改为咕咚咕咚灌水——怎一个爽字了得。我们经常谈到当代生活节奏加快，这从"钓"到"钩"的风景，确实为我们提供了最为直观的注脚。

桥畔一阵欢呼声。一个钩鱼者果然钩得一条大草鱼，他迅速摘钩收起战利品，转身投入新一轮"钩鱼"，表现出不甘歇止的进取精神。这时我终于明白，他们从来就不是尽享垂钓乐趣的古风继承者，他们只是当代城市的"渔民"而已。他们的目的就是越快越多地"钩鱼",过程则是忽略不计的。

这些钩鱼者们跟柳宗元先生诗意刻画的那位垂钓老翁,毫无血缘关系。从"钓"到"钩",似乎应当归为纯粹的技术进步。

城市的痕迹

　　我居住的这座城市，地处中国北方，由于九河下梢所形成的特殊地理环境，旧时人称小扬州。自明朝始，贯通南北的京杭大运河从这座城市经过，漕运繁忙，南粮源源不断北上，转运京师，因此堪称北方大码头。城市傍水，便难免水患，历来洪水成灾。于是这座城市的历史就成为一部水患的历史。后来，治河工程连年不止，实行"蚂蚁啃骨头"的人海战术，终于治水成功。

　　如今，不光没了水患，连水都没了。我所居住的这座城市已经成为中国北方最为缺水的城市。水患，被彻底送进历史了。

　　那么这座城市的历史呢？这座城市与水相关的历史呢？也没了。

　　小时候，我首次体验到人们所说的历史感，应当是七岁那年。那天我在马路旁玩耍，无意间看到街角墙上镶嵌着一块蓝白相间的瓷砖。那时候我识字不全，只得抬头呆呆望着这块瓷砖。一年之后我识字多了，可以大声读出那几个汉字：一九三九年最高水位。

　　我伸手去摸那块瓷砖，够不着。是啊，一九三九年的最高水位足以将我淹没。那时候我还没有学会游泳，心里害怕了。

　　此后，我经常跑去，仰望着那块记载着当年最高水位的标志物，想象着历史上汹涌淹没这座城市的特大洪水。这引发我无限想象的同时又令我骇然不已：我若被大水淹没，就会死掉的。

这块刻着"一九三九年最高水位"的蓝白相间的瓷砖，使我过早懂得了什么叫作灭顶之灾。我蒙蒙眬眬地懂得，早在我来到人世之前，这个世界已然发生过多次大洪水，只是我无缘亲历罢了。

　　这块铭刻着历史的瓷砖，无疑给我上了第一堂历史课，也可以说是历史长河对我的首次浸洗。当时只觉得历史只是时光的遗产，似乎与我没有多少关系。

　　不知为什么，每当看到这块高高在上的瓷砖，我便觉得心头湿漉漉的。长大之后，渐渐懂得历史与现实存在千丝万缕的联系。当年的孩童面对久远的历史所受到的触动，并没有随着时光而消磨。

　　这些年，我到过几座文化历史名城，古迹犹存。无论静坐湖畔还是环绕古塔，无论登高望远还是俯身凝视，历史往往无言，就这样静静存在着。在如今这个侃侃而谈的时代，无言的东西往往遭人忽略。对许多人来说，历史只是远在天边的一堆故纸，既不实惠也无意义。

　　一座城市的历史文化风貌，本身就是一种气质。它与这座城市浑然一体，从来不曾分割。北京的故宫，上海的城隍庙，天津的天后宫，西安的兵马俑，洛阳的龙门，南京的秦淮河，都已经成为历史标记，是不可以任意抹掉的。只有战争这块粗暴的橡皮，将历史珍贵的痕迹残忍地擦去。比如被塔利班大炮轰毁的巴米扬大佛，只剩下一堆碎石头而已。然而，只要这堆碎石头存在，它依然是一种无言的诉说。它告诉后人们，我曾经是一尊名叫巴米扬的大佛。

　　不知为什么，我蓦然想起大街墙角那块蓝白相间的瓷砖，如今我完全可以伸手摸到它了。然而，那块瓷砖已经随着城市改造，被拆掉了。我沿着马路寻找，发现全市所有的"一九三九年最高水位"的标记，统统没有了。

　　于是，记载着那场洪水的历史消逝了，那段镌刻于街角墙上的历史消逝了。后人们完全不知道曾经夺去无数生命的大洪灾。历史，哑巴了。

我们为什么要弄掉那块小小的瓷砖呢？可能它所标注的"最高水位"已经没有任何记载价值了，洪水也睡到历史深处去了。今天，我们需要看到的只是股市行情和黄金价格，让历史远去吧，我们只活在当下。

可是那块瓷砖记载的毕竟是一场滔天洪水，它是这座城市履历表里必须填写的一项重要内容。我们热爱现实，我们向往未来，其实现实与未来都源于我们的历史。没有历史，我们必将成为一群来历不明的人。我们面对祖先的文化遗产，无权任意裁决。是的，我们也将成为历史，处于过去与未来之间，我们不能只拥有一个光秃秃的当下。为了不流于贫乏而走向真正的文化富有，我们还是应当想想那块小小瓷砖所载荷的历史文化含量。一块块镶嵌街角的瓷砖，说明着一九三九年的故事，那就是一座袖珍博物馆。可惜我们把它给弄丢了。应当说是文化的缺失。

不忘历史，才能真正拥有未来。注重文化，才能使我们走出贫乏而真正富有。我所居住的这座曾经饱受洪荒吞噬的城市，如果连洪水都忘记了，那么只能说我们是一群永远也长不大的孩子，只懂得哭闹着找大人要糖吃。

你可能忘了，那大人恰恰就是历史。那糖呢，也恰恰是城市的痕迹。

水土水土

从小我就喜欢绿色，小学三年级开始养花，颇有几分痴迷。那时学校二部制，下午写完作业，我就坐在窗前定定注视着自己养的那几盆花卉。记得有一次我在花店门前相中一盆无名兰花，花四毛钱抱回家去。那钱是我平时积攒的。小时候我攒钱的目的非常单纯，就是去买自己所喜欢的东西。譬如我曾经想在房间里安装一只日光灯，到电料行里问了价钱，夏天就不吃冰棍儿了，开始攒钱。长大成人，对人间诸种颜色渐渐有所领悟。想起少年时代对绿色的向往，不禁为自己曾经如此热爱生活而甚感欣慰。少年时代的绿色虽然显得单纯，但充满活力。成年之后对绿色的理解，却是随着阅历而不断加深的。

二十年前，我先后三次到过祖国大西北的准噶尔盆地。那一望无际的戈壁滩，阳光下呈现一派铁青的颜色。偶有骆驼草，也只是一簇簇枯黄。汽车疾驶向前，永恒不变的只是戈壁的颜色。坐在司机身旁，我感到孤独。

汽车驶进一串小山包，视野受阻。一个很急的转弯，面前豁然开朗——远处山下的小盆地里，竟是一派浓浓绿色。这就是我多次从书中读到的戈壁绿洲，居然呈现在我的面前。多少年来我第一次感到，绿色竟然那样耀眼。

汽车从绿洲的边缘驶过，朝着更为深远的戈壁疾驶而去。这时我想起舒婷的诗句："我相信浅草中，有一道看不见的泉水。"是啊，来自天山的雪水悄悄流到这里，一下就燃起满天的绿色。

这绿色，照亮了茫茫千里戈壁。戈壁滩因此而成为一个巨大的生命。同时，戈壁绿洲也成为人类生命的象征。

真的，那是一面绿色的旗帜。只有行走在戈壁滩上，我才相信人类的旗帜不仅仅是红色的。

我所居住的这座城市位于渤海湾，古为退海之地。从小我就知道，滨海的盐碱滩上，了无绿色。偶有植物生长，其形状也多怪异，于是出现了盆景爱好者们垂青的"柽柳"。据说"柽柳"这东西实为盐碱滩涂地带的特产。那一株株幼柳在恶劣的盐碱土壤之中生长，惨遭异化而变得奇形怪状，病态环生。就这样它们才成为盆景之中的上品。这使我想起龚自珍的《病梅馆记》，真是令人触目惊心。看来，倘若想在这千里退海之地得到几许真正的绿色，实属不易。水土水土，没有好土，难有绿色啊。记得那年我们开车行驶在毫无人烟的盐碱滩上，地上泛起的碱花白茫茫一望无际，我甚至怀疑汽车是在雪地里奔跑。这正是绿色的极端匮乏。于是，我再次感到，绿色是人类不可或缺的旗帜。

这几年到天津经济开发区跑一跑，看到这里颇有"望之蔚然而深秀"的气象。这里也是退海之地。死去的贝壳深埋地下，诉说着大海那不容歪曲的历史。然而我分明看到，高速的经济发展使我们不仅仅拥有了钢筋水泥，同时也赢得了鲜活的绿色。于是，春娃娃才嘻嘻笑着，一串儿小步朝着我们跑来。

天津开发区的绿化公司在这短短的十年间，以盐碱滩的绿化为科研课题，向不毛之地发起挑战，大做"水土文章"。他们经历了一次次失败，也期待着一次次喜悦。心诚则灵。他们终于以自己辛勤的汗水，洗尽千年盐碱，取得了绿化领域的重大科技成果。

一株小树在天津经济技术开发区的土地上成长起来。一群小树在天津经济技术开发区的土地上成长起来，蔚然成林。

这正是不可抗拒的绿色生命，发自人们心田，呼啦啦绿了渤海湾。这绿色，再次宣布，它是人类的旗帜。

绿色的旗帜，高高飘扬。这是生命的勃发——盐碱滩就这样变成了充满绿色的沃土。

说了土，还有水。

身为天津人，我很难忘记引滦入津之前的那一段咸涩的日子。天津人民对甜水的向往几乎成为共同理想。难以下咽的咸水使甜蜜的生活变了味道。那时候我在天津北仓工业区的一座大企业里当工人。工厂饮用深井地下水，不咸。每天下班，我就装上一小桶甜水挂在自行车上，带回家给祖母喝。在那一段做面汤不用搁盐的时光里，祖母每天都有甜水可喝。邻居们叫着我的乳名说，你奶奶没有白疼你，得济啦。

我牢牢记住了那一段时光。甜水，对久居九河下梢的天津人来说，太重要了。滦水进津之后，我总想到它的上游去看一看，就像去看望亲人一样。这种心情，久而久之竟然越酿越醇而成为一个情结。水对我来说，也就具有更加丰富的内容，不仅仅是两氢一氧。

有一次随采访团逆流而上去滦河源头，真正体会到回家的感觉。尤其是在尔王庄泵站，我蓦然看到那一座座轴流泵上写着"天津发电设备厂制造"，心头怦然一动。这一座座大泵的制造，当年也有我的汗水。大工业化时代的乡情，通过一台台机器得以认同。钢铁的香甜替代了泥土的芬芳，我以为这就是电子时代的工业情感。怀着这种情感，我朝着上游走去。

关于于桥水库，十年前我就曾在这里游泳。它还有一个美丽的名字：翠屏湖。关于翠屏湖，我也曾以它为背景写过一部中篇小说《远山沉没》。然而，这次来到于桥电厂见到刘云波同志，我才感到自己对这里的山山水水，缺乏深入的了解。

于桥电厂是在引滦入津工程竣工之后的第五个年头建成的。它的建成填补了我市无水力发电的空白。这就意味着我们是在毫无水电经验的基础上白手起家。他们热爱工作，善于学习。从当初到外地电厂接受培训，到今天为外地电厂培训技术人才，几年时间就完成了这个巨大的飞跃。在雨季高水位的季节，他们打破常规，摸索出一套既敢想敢干又严谨科学的发电技术，真正做到了"多发电，发好电"，为水电行业科技权威们所称道。走在于桥电厂的院子里，如同走进了一座令人心旷神怡的大花园。有人告诉我，这里原本属于荒山野岭，正是于桥电厂的职工们奉献了一个个公休日，一锨锨一镐镐义务劳动建立了自己的美丽家园。即使处于由计划经济向市场经济的转轨时期，于桥电厂的职工们仍然认定了"大庆精神"是他们创业道路上的榜样。他们以厂为家，同心同德，建设着社会主义水电事业。经过几年的奋斗，他们创造出人均产值十万元的成绩，被水电部评为优秀小水电企业。在创造经济效益的同时，他们也使自己的精神境界攀上一个新的高峰。每逢风雨天气水草涌集，不用号召也不用命令，于桥电厂职工们自觉赶到厂里，争先恐后跳入水中打草，确保电厂的安全运行。为了社会主义水电事业甘心做奉献的精神，已在厂里蔚然成风。他们以自己默默无闻的工作，赢得了劳动的光荣。从这个意义上说，滦水之所以香甜，正是由于这条充满活力的输水线路上，处处都洒下他们的辛勤汗水。

滦水甘洌流入心田。水土水土——举起绿色旗帜，流淌一路清泉。

从麦兜开始

我一直认为动画片是给孩子看的，后来听说有大人也看动画片，就以为童心未泯，值得敬仰。人生伊始，从简单到复杂乃是必然过程，从复杂再到简单就不那么容易了。人生属于线性时间，线性时间不可逆转。人生是没有回头路的。因此我们普遍认为，大人们已经变得复杂了，动画片属于简单的儿童。

然而，据说看动画片的大人愈来愈多，譬如日本作者宫崎骏的动画片，老幼皆知。于是怀着好奇心理我看了香港动画片《麦兜故事》。

这部动画片一身荣誉：蒙特利尔国际儿童电影节最佳长片大奖，汉城国际动画节最佳动画长片大奖……难以尽数。

《麦兜故事》里的主要人物是香港居民麦太太和她儿子麦兜，其动画形象是一只大猪一只小猪，非常可爱。这正是动画片人物造型的最大魅力。我们在成人世界里如果将谁比喻为猪，那就是骂人了。动画片单纯而没有思想包袱，这令小肚鸡肠的大人们汗颜。

动画片其实不单纯。它在轻松与搞笑的表象下，有着令人怦然心动的内涵。当然这是孩子们看不出来的。因此动画片吸引了一部分成年人——他们从简单里看到复杂。《麦兜故事》就是这样。

麦太太希望儿子长大成才光宗耀祖。她将麦兜送进香港春花幼稚园，于是出现一系列搞笑情节，校长训话的中心思想竟然是"你们这月学费交没交？"陈老师上课点名丢三落四，有的孩子被点了三遍，有的孩子根本没有被点到；校长大搞"三产"还在楼下开了一间茶食店赚孩子们的钱，麦太太来吃饭，点鱼丸粗面没有鱼丸，点粗面鱼丸没有粗面，就跟"绕口令"一样可笑。这一切都反映了生活的荒谬本质却以搞笑的形式得以实现，其深度远远超过成人作家的所谓深刻，屡屡使我自惭形秽。

最令我感动的是《麦兜故事》里蕴含的母爱。麦太太经济状况并不宽裕，然而她自强不息作风干练。复杂的世界被她简化了，事物的因果关系只有一句话。譬如每天入睡之前她给麦兜讲故事："一个小孩儿早睡早起很听话，第二天——他发财了。""一个小孩儿不听话晚睡早起，第二天——他死了。"这样简单的形式却包藏了深沉的母性，看罢引得孩子们捧腹大笑，也使大人们受到震撼。

这部香港动画片并不脱离现实生活。它以香港帆板选手李丽珊勇夺奥运金牌为背景，激发了麦兜"香港运动员不是腊鸡"的雄心从而赴长洲向师傅黎根学艺。令人啼笑皆非的是麦兜没有学到帆板本领而是学习了"抢包山"。这是一项业已停办多年的民间赛事，即用一笼笼大包子搭起一座"包子山"。届时，练就攀援绝技的选手们参赛，看谁抢到的包子多。一方面抢包山赛事停办多年无人问津技艺失传，一方面麦兜毅然学艺投入日复一日的艰苦训练，这已经够搞笑了。面对讲求实用的香港社会，搞笑之余便添了几分悲壮意味。人生的"无用之用"被淋漓尽致表现出来。最让我感动的是麦太太这位吃苦耐劳的女士，她不懂洋文却依靠英汉电子词典的帮助给国际奥委会主席写了一封信，以母亲的名义呼吁主席阁下将"抢包山"这项运动列入奥运项目。当然，其结果只是搞笑，却浸透了香港式的母爱。

最后麦兜长大成为一个平凡的人，只练就一双坚实的小腿而已。这时主题歌响起，那童声独唱"大包再来两笼大包再来两笼，大包再来两笼没关系"引起大笑，我却流出眼泪。

在此之前我自以为是。在此之后我觉得自己小儿科。这就是《麦兜故事》告诉我的，什么是浅薄，什么是假装深刻。

大人们太可怜了。

边走边想

断想之一

近年来的文化升温已经成为国内的普遍现象，因此有"文化热"之说。其实大家心里很清楚，这只是"文化搭台，经济唱戏"而已。经济已经成为社会的生命线，与当年的"政治挂帅"相比，人们变得更为实际。随之出现的食文化、酒文化、茶文化、旅游文化乃至足球文化，无不说明社会充满了务实精神。

这并不是坏事。如今谈到住房文化，这也是很有实际意义的。有文化总比没文化要好。我们的衣食住行既然属于大文化概念，那么探讨住房文化也就不单单是开发商的事情了。

因为我们都住在房子里，所以我们对住房至少应当拥有文化意义上的认识。拥有对住房文化的认识，我们便拥有了善待自己的理由。人类做什么事情往往是需要理由的。住房也是如此。

我们以往的住房，都是国家分配的。我们所有的感激与抱怨，都与分配二字有关。我们已经习惯于分配。我们也已经习惯于等待。"等待"二字，已经形成了根深蒂固的文化心理。如今突然面对市场，我们并不具备成熟的消费心理，或者说计划经济时代并没有将我们造就成为成熟的消费者。

家，这是一个多么温馨而令人向往的去处啊。然而，这个温馨去处竟然是国家分配给我们的。这再次印证了"有国则有家""大河有水小河满"的大一统文化观念。

我们的家居，是公有制意义上的住所。这种影响深远的文化观念，积淀在一代人的心底，已经很难消除。

因此，当我们持币面对商品化住宅市场的时候，起初完全像个小孩子。在当代中国大都市，走出计划经济笼罩的人们掏空自己的腰包买到一套拥有产权的住宅的时候，应当说是一场人性的革命。

在"一大二公"的口号里成长起来的人们，居然拥有了属于自己的住宅。"住宅受法律保护""公民拥有私生活的权利"，只有当你拥有真正属于自己的住宅的时候，才能切切实实体验到它的真正含义。

放弃计划经济时代的"分配"美梦，停止等待，面对现实，不再大骂市场，这是我们谈论住房文化的基本起点。没有这个起点，特定意义上的中国都市住房文化，一定会陷入空谈甚至骂娘。

断想之二

近年流行"装修热"。装修材料跟时尚服装一样，走上了频频出新的道路。有时电视台生活频道举办"家庭装修"大赛并且播出"精品样板"。一套套风格各异的获奖作品，无论厨房卫生间还是居室客厅，可谓绝招迭出，令人大开眼界。

是的，装修材料已经成为"住房时装"的原料，而住房装修的花样翻新恰恰遵循的是时装的"流行趋势"。

装修从一年变一个样，发展到三个月变一个样。急促的更新换代成为装修市场的律动。半年前装修的住房，已经过时；上个月选定的材料，这个月即遭淘汰；今天子夜的装修设计方案，很难得到明天清晨的喝彩……我们永远处于疲惫的追赶之中，气喘吁吁。然而正是在这气喘吁吁的过程中，我们品味到追赶时髦的乐趣。

这就是市俗的乐趣。这就是现世的乐趣。这就是寻常百姓生活里的真正滋味。否定这种滋味，也就否定了人间烟火。

我们嗅着人间烟火，走进自己的家园。无论是俗是雅，我们走进的是自己的家园。自己的家园，这是多么寻常而又激动人心的字眼。

装修，大款有大款的装修规模，工薪阶层有工薪阶层的装修档次。根据自己的心性，设计自己的家庭，这又未必是人人都能做到的。中国的文化传统，历来强调突出共性，个性的东西很少。这种文化观念反映在家庭装修领域，就是"逐浪现象"。

百姓家居常见的误区是将自己的家庭装修得很像宾馆客房，于是家庭成员也无形之中变成宾馆服务员，丧失了主人感受。造成这种误区的文化心理，主要是由于我们寻常百姓的生活距离豪华宾馆太远，因此形成一种强烈的向往心理，于是便在新居装修之中实现自己的梦想。然而，寻常百姓恰恰忽略了一个令人啼笑皆非的现实，那就是随着装修告竣，阖家乔迁，新居恰恰是"准宾馆"而不是自己心性的家园。宾馆式的装修，使你的后半辈子没有住在自己家里。这便应了那句话：生活在别处。

宾馆毕竟是属于人家的。住在"准宾馆"装修的房间里，总有匆匆过客的感觉。这很不踏实，也很不实惠。

家庭装修的逐浪现象还表现为看到邻居或朋友的家庭装修，学着人家的式样去做。人家有淋浴间，我要有。人家有玄关，我也要有。人家的露台摆了一块镇宅之石，我更要有。俗话说，榜样的力量是无穷的，然而照搬别人的装修款式却是很不可取的。人，不能穿同样的衣裳，家庭装修同样是这个道理。

家，毕竟是家。无论你选择什么式样的装修，一定要站在自己的生活立场上。这是我们自己的权利。这是任何不同文化观念都应当必须尊重的个人权利。

其实，装修是成年人的游戏。一个成年人装修家居，几乎是对儿时"过家家"的重温。这对于成年男女来说，多么具有诱人的乐趣啊。

这毕竟就是美好的家园——尽管我们还在路上。

说说想象力

谈到作文，我的确是有话要讲的。不仅要对你讲，也包括你的伙伴们。说起作文其实话题很多，譬如说观察能力、分析能力、表现能力等等。但是我觉得最为重要的还是想象能力。有时候一个人的想象能力甚至能够改变他一生的道路。这样的说法绝非言过其实。

从事文学创作，想象力更是不可或缺的素质。

我读小学的时候，正值国家经济困难时期，人们的物质生活贫乏，日子过得比较清苦。当时我家的所谓家用电器，只有一台收音机，是我们心目之中的宝贝。一个小学生，生活的范围是狭小的，距离大山大海十分遥远。每天写完作业，我都要趴在收音机前，入迷地听着它播出的童话、广播剧、长篇小说播讲、音乐歌曲……尤其是孙敬修爷爷讲的故事，给我留下了一生难以磨灭的印象。面对收音机里无比丰富的大千世界，我忘情地沉浸其中，去聆听去感受那对我来说十分陌生的天地。

这就叫未谋其面，先闻其声。

收音机里播出峡谷的回响，我呢便想象着大山的雄伟；收音机里播出小溪的流水，我呢便想象着岸边的青草和欢游的小鱼……收音机是一个声音的世界。声音的艺术为我拓展出一个无比宽广的空间，任我以幼稚的想象力去填充去丰富甚至进一步夸张。如今回忆起来，我觉得那台收音机是一个小学生与大千世界沟通的无形窗口吧？这窗口所唤起的想象力犹如一双展翅腾飞的神奇小鸟，使我超越时空的局限，飞入更为广阔的世界里。记得我们是在三年级有了作文课的，我初步尝到了拥有想象力的甜头。或记叙或议论，绘景状物写人记事，尽情地张开想象的翅膀，似乎心中自有气象万千。这时，我总觉得自己能够拥有一个世界。"人世间没有的，我也能把它创造出来。"想象力使我增加了自信心。

更为有趣的是，成年之后我走向祖国各地，无论是见到大山还是见到大海，由于童年时代我在想象的世界里与它们神交久矣，毫不陌生反而颇有早已相识之感。这种现象，我称之为主观想象世界与客观现实世界的"二度重合"。想象力与客观世界是互相逼进的，两方的契合点就是主客观的统一。说到这里便出现了我要讲的第二个层次的问题，就是丰富的生活积累和深入的生活接触是提高想象力的必要前提。古人云"读万卷书行万里路"。一个闭门造车的小学生宛若温室里的小苗儿，穷尽其想象力也无法真正描绘出傲雪青松的精神风貌。

时代毕竟进步了。高保真家庭影院进入家庭，Internet 互联网令你看到世界各地瞬息万变的风景，信息高速公路朝着我们大踏步走来……世界重重叠叠成为变幻无穷的画面。于是，单纯的声音艺术渐渐被视觉艺术乃至全息艺术所替代。从某种意义上讲，这缩小了人们的想象空间，世界也因此成为"直观景物"。我因此而担忧我们想象力的萎缩。我们能够做到的就是不囿于自身的局限，主动拓展主观世界、客观世界还有那丰富多彩的未知世界，让想象的翅膀越飞越高。

想象力，永远是我们人生的一笔财富。你说呢？

寂寞絮语

你问我什么是寂寞，我一时真的不知如何回答。一个从事写作的人面对寂寞这个话题，有时颇为尴尬。我想起月宫嫦娥。

是的，嫦娥是寂寞的，"寂寞嫦娥舒广袖"，这几乎已成人间众生的共识。那么大的一个月亮，除了玉兔，仅有一位终日伐树不止的吴刚，况且还属于犯了错误来这里劳动改造的。鸟飞绝，人踪灭，天地无比空旷。关于嫦娥，就如同我从未怀疑过她的美丽一样，我也从未怀疑过她的寂寞。出于对这位仙女处境的关切，我曾查阅辞书，想弄懂什么是寂寞。而关于寂寞，那册厚如砖头的辞书板起面孔向我解释道：孤单冷清。

原来，寂寞就是孤单冷清。这应当是一个贬义词吧？至少它不是什么火爆场面。

青春，不寂寞。而为文之道，据说要甘于寂寞。也就是说，为文之道要耐得住孤单冷清。

当年学着爬格子的时候，那些已然著作辉煌的大作家们曾经这样教导我们，你们要能够耐住寂寞啊。后来，我自以为写得有了几分气候，也学着那些大作家当年的腔调将这句名言说给别人听。换来的是鸡啄碎米般的点头。

是啊，从来没有人对这句流传甚广的名言持有异议。于是大家

86

就都为了"文章千古事"而去自甘寂寞了。尽管凡俗而喧嚣的人世根本不允许你一心一意寂寞下去。于是，出现了三心二意式的自甘寂寞。于是，出现了心口不一的自甘寂寞。于是，干脆放下寂寞去追求热闹了。如此看来，寂寞与热闹成了一对情敌。

是啊，寂寞是一种孤单冷清的状态。下野的军阀甘于寂寞；失意的政客甘于寂寞；落魄的文人甘于寂寞；年迈的妓女甘于寂寞；甚至离休老干部自甘寂寞，不一而足，统统给人以无可奈何的感觉。也就是说，人生至此他们不得不甘于寂寞了。于是寂寞成为一种无奈无助的必须接受的临界状态。

人们口口声声的自甘寂寞，总使人觉得这是一种时间意义上的韬略。今日的自甘寂寞，恰恰是为了明天的必然显赫。中国文人，青灯黄卷之中就含着"终南捷径"。他们自古就懂得"时"与"势"的辩证关系。于是自甘寂寞这句已经讲滥了的名言，就或多或少带有"长线投资"的嫌疑了。

生活中时常声称自甘寂寞的人，大多是难耐寂寞的。因为，他们将寂寞理解为一种孤单冷清的状态。声称自甘寂寞就等于声称自甘孤单冷清。其实，真正的寂寞绝不是简单意义的孤单冷清。真正的自甘寂寞，是你精神家园里那种顺乎自然的天道。在那里，你从来都是光着脚丫子奔跑的，根本不用穿鞋。不穿鞋的脚丫子，不寂寞。

因为寂寞是感觉不到的。而不甘寂寞才是我们日夜为之焦灼的失律心态。真正的寂寞状态，是根本无法抽象的。你凭借感性去触摸它，必然失之肤浅；你依靠理性去包容它，则失于纯真。真正的寂寞状态，是一种天然本真，是主观与客观的真正融合。心机，计策，审时度势，在这里统统失效。真正的自甘寂寞，是一种大象无形大音希声的天赐。真正的自甘寂寞，就是你根本不懂得什么是寂寞。

你能够记起襁褓时期在梦中吮吸母乳的感觉吗？那时候你感到寂寞吗？

是的，真正的寂寞是感觉不到的。

透明的时光

　　三十年前的深秋，我在津西杨柳青镇的一所工业学校上学。吃食堂住宿舍，一门心思读书，别无他想，并没有清醒意识到中国的思想解放运动悄然兴起。

　　一天，刘克正同学说中央电视台即将直播在阿根廷举办的一九七八年世界杯决赛。这可是开天辟地头一遭。

　　那时拥有电视机的中国家庭，极少。学校当局的电视机也不会播放这场远在南半球却肯定影响北半球学子学业的足球比赛。就这样，寻找合法观看世界杯比赛的电视机，便成为必须解决的首要问题。兵营，消防队，还有一个被我们称为"南窑儿"的自然村，都不行。后来，素以交际广泛著称的高德祥同学终于找到看电视的地方。同学们一下激动起来。

　　我永远也忘不了那个夜晚。我们一群同学骑着车子悄悄溜出学校，向北窜往杨柳青镇的西郊百货商场。通过关系爬上六层顶楼，看到一台黑白电视机摆在那里。由于门卫管理严格，这里只有二十多人，并未"爆棚"。

　　参加决赛的是南美劲旅阿根廷与欧洲强队荷兰。我从来没有在电视直播里见过这么宏大的球场。观众座无虚席，自由释放着焰火，尽情歌唱。有生以来首次看到"世界杯"，心中感慨良多。你看，平日里各行其是的人类，此时居然变得如此齐心协力会集一处，发出共同的呐喊。我为足球的巨大魅力所震撼，心跳骤然加快。这场世界水平的足球对攻战，就这样拉开了帷幕。

是啊，我终于赢得了与世界同步的权利，我终于看到了世界杯。这才是真正的足球。双方拼抢激烈，铲传铲断，使比赛惊心动魄而一气呵成。在此之前我从未见过如此精彩的足球比赛，完全被惊呆了。也只在这种时候，我才真正懂得了一个道理：世界很大。

阿根廷以3∶1击败荷兰而夺冠。这场比赛脱颖而出的是阿根廷球星肯佩斯。为荷兰队射入一球的是身材高大的9号。尤其是阿根廷的边后卫1号阿蒂克列斯（此公与贝利一起参加了电影《胜利大逃亡》的拍摄）助攻时被对手拉倒却面无愠色，他的修养令我大开眼界。

骑自行车回校的路上，我很激动。世界似乎就在眼前，令成长于闭关锁国时代的我顿生无限向往。

那时候，我已经练着写诗，其实是"顺口溜"而已。从学校毕业回到工厂当了技术员，我整天坐在零号绘图板前面。绘图桌的桌面故意设计成倾斜的，只能平铺一张图纸，就连水杯也放不稳，于是我长期处于一种临界状态，有时"合力不等于零"。

仿佛有条小虫儿心头蠕动着，它的名字叫文学。上班时间里我悄悄拉开抽屉，里面摆着一本打开的小说。这就是我的阅读。除了文学书籍还有文学杂志，比如这座城市作家协会主办的《新港》。我记住了它的地址：四川路八号。很久以后我才知道，这地址曾经是北洋政府总理靳云鹏的公馆。

我对文学心存敬畏，只敢将一篇小稿寄往这个地址，从来不敢像有些作者那样阔步登门拜访。伟大而神圣的文学殿堂放射出来的夺目光芒，令我不敢与其对视。我就这样蛰伏于天津北郊一座国营大工厂里，偷偷练习写作。

其实，那时候已经兴起文学社团，许许多多文学青年聚集起来，在文学杂志编辑的辅导下学习写作。我孤陋寡闻不知有这种集体取暖的地方，便独自充当一只文学寒号鸟的角色。

一天，我偶然从报纸上看到举办外国文学讲习班。我喜欢外国文学，立即骑自行车去第一工人文化宫报名。我发现那里有一张文学小报，于是就开始投稿，有小诗也有小小说，竟然得以发表。我写作时没有感到什么禁忌，渐渐体验到改革开放的宽松空气，认为自己赶上了好时候。

一九八四年，我的一篇小说得了《新港》小说奖，我还是没有走进四川路八号。到了一九八七年，我写了中篇小说《黑砂》，执行副主编约我谈话，我有幸走进《新港》编辑部，尽管它已经改名《天津文学》，而且不在四川路八号办公了。

《黑砂》的发表使我懵懵懂懂混入文坛。一九八八年初春，我从市经委调到市作协，成为一个彻头彻尾的文学从业者。来到文学界工作确实看到许多在文学界之外看不到的东西，然而我对文学仍然心存敬畏。因为我懂得文学好比一部人类精神生活史，有些作家只是过客而已，就好像城市低空飞过的一只鸟。

进入二十世纪九十年代，我出版了首部长篇小说《鼠年》，这是我的长篇小说写作的开始。

一九九八年春天，我在遭遇没顶大水之后浮出水面，急促地呼吸着尚未被人买断的空气。我继续写作，写了一批具有地域文化内涵的小说，谓之"天津系列"小说。此时，文学基本被社会边缘化了。我还在从事写作，而且写的是一座被边缘化的城市的昔日故事。

我的内心反而颇为清凉，尤其在炎热浮躁的日子里。这可能与我遭遇生活重挫有关。没有在水底憋气挣扎经历的人，只能去向鱼儿请教了。我不用。我曾经是鱼儿的近邻，后来上岸了。就好像我们的祖先是水生猿一样。

我重新写了一批工人生活的小说，比如《最后一座工厂》和《最后一个工人》什么的，有的还被改编话剧在京沪两地上演。我一度对自己挺满意的，觉得我这样没有文化的人竟然能够写出这样一堆东西，已然是造化了。

进入二十一世纪，我还在写作。改革开放三十年，我换过几个工作单位。然而无论在哪里工作，我却没有产生过归属感，甚至时常认为自己是局外人。我以为这就是文学带给我的漂泊心理。写作时间愈久，这种漂泊心理愈重，一尊肉身似乎硬化成为一艘小船儿。

就这样，在茫茫大海里漂泊着，不知今夕何夕。

人生在世，一饮一啄，可能都不是坏事情。因为，时光是透明的，只是风儿有时候将它弄得朦胧而已。

第 三 辑

做 思 考 状

创作琐谈

一、情绪——井边的时间概念

四十岁之后，我才对自己所从事的营生有所感悟。写作其实就是一种心情。年轻的时候喜欢追求所谓思想的深刻，一天到晚与自己厮打——青春期里伤痕累累。时至今日终于明白，一个作家如果拥有深刻的思想，或许能够站得高并且望得远；然而，一个凡夫俗子却未必能够时时处于"思想者"状态。不妨做一个随机调查，一个人从早晨起床到晚间入睡的十几个小时里，究竟依靠多少深刻思想来支配自己的行为呢？大概很少。

作为凡人，我们缺少深刻思想。就其人性而言，我们通常生活在情绪之中。一个人可能并非拥有深刻的思想，却拥有绵绵不绝的情绪。有时候我们的愤怒并不依赖于思想的启动；有时候我们的喜悦也可能完全来自一种天性；有时候我们的行为毫无逻辑可言；有时候我们突然产生一种大爱——尽管它瞬间即逝；但是，我们永远难以脱离自己的情绪。

是啊，其实我们每天都生活在情绪之中，这就是我们人生的常态。从这个意义上说，情绪大于思想。于是我的写作也就远离深奥而走向路边一个人所共知的驿站。

这时候，我觉得写作只是一种心情。面对驿站那即将上路的马车，你所能做的事情只是上路而已。当然，你身边未必坐着"羊脂球"。

然而我毕竟向往深刻的思想。

写小说的时候，总会遇到难以理喻的情况。最令我感到不解的是当我写出一篇所谓反映当今现实生活小说的时候，常常认为自己是在叙述一部历史。我似乎很少受到现实的感动而是沉浸在久远的朝代里不能自拔。我的所谓现实题材的小说，大都是这样写出来的。

我的小说人物在现实生活中走来走去，并且被读者评价为栩栩如生。我呢，却站在三百年前的月台上，认为自己的手表时间绝对准确无误。我不知道，这是心理时间还是物理时间。无论怎样，其实我渴望被一种更强的思想穿透。我就是这样日复一日，写着。

我大胆将自己的这种情绪命名为"现实主义心情"。我朝前走去，步伐依旧。当精神的光芒在天边升起的时候，我就用小学生作文的心情称其为"太阳当空照"。只有在这种时候，我才懂得了小说存在的意义。

二、口吃——短篇小说的意义

我的最初写作，应当说缘起于小学时代的个人日记。成人之后，我曾试图破译少年时候的写作动机。虽然那几册日记早已亡佚，但有的内容我至今记忆犹新。

我日记的有些篇章可以认为是童稚的散文体短篇小说。这就是短篇小说与我最早的缘分。这种缘分一直延续到今天我的写作之中。

关于少年时代的写作动机，我以为是由于口吃。小学三年级之前，我的口吃十分严重，曾多次引起同学们的哄笑。我就暗下决心，克服口吃。于是，我开始了自己对自己的诉说。这就是写日记。日记之中的自我诉说，当然不会引起别人的哄笑。这种诉说宁静而充满温馨。这种诉说时时令人感到心灵颤动。这种诉说使你在发现自己的同时也发现世界。世界很大。你也很大。

就这样，我写了很多日记。

除此之外，我还偷偷朗诵诗歌以医治口吃。我创造的最大奇迹就是学会了打快板，并登上千人大会，表演快板书《看汽车》。至今我还记得，《看汽车》这篇快板书发表在一九六三年春季的《中国少年报》上，整整一版。我用了一天时间背词儿，第三天就可以打着竹板演唱了。

天长日久，我的口吃顽症居然被克服了。一九六八年冬天我走进中学校门的时候，已经没人认为那棵身高1.83米的"豆芽菜"是一个口吃症患者了。

由此，我想到短篇小说。这是我心目之中最为赏心悦目的文学样式。面对一个巧舌如簧的时代，短篇小说不失为一种拙朴的文体；面对一个失语的时代，短篇小说称得上是一股清泉，汩汩流向读者的心田；面对一个好大喜功的时代，短篇小说告诉你，最为重要的不是规模而是味道，正可谓四两顶千斤；面对一个假冒伪劣的时代，短篇小说呼唤的是宁缺毋滥的精品意识；面对一个以经济效益衡量优劣的时代，短篇小说再次告诉你"字字珠玑"的艺术境界并不是哪个工匠都能抵达的。在短篇小说备受冷落的时代里，我们应当反思。

为什么我们对短篇小说如此偏爱呢？因为它实在难写，因此令我顿生敬意。短篇小说犹如一剂药方，专治废话连篇的毛病。我认为，真正的短篇小说，永远充满人类精神——这是一个不动声色的睿智的长者；也是一个充满天真幻想的健康的孩子。

而短篇小说之于我，则仍然是一次次的诉说。尽管表面看来我已经不是一个口吃的孩子了。

三、虚构——在过去与未来之间

年轻的时候往往怀有放眼未来的豪情壮志，自以为是，自以为只要站得高就能望得远，很远。人届中年渐渐懂得几分道理，几乎不敢说大话了，尤其不敢说"放眼未来"这句话了。俗眼怎么能够拥有未来呢？那只能是法眼。

人生就是一次行走。有人走得远，有人走得不远；有人乐于行走，有人被迫止步，于是距离具有意义。从距离的意义上讲，永远到底有多远？我往往说不清楚。

我的智商使我只记得从前走过的地方。回头望去，那是自己的历史——宛若秋刈之后的田野，一派疏朗而历历在目，这是真正的"个人化"。记忆的田野里小草儿持续不断地发芽，不受季节制约。记忆使你感到真实的亲切。记忆深深刻在自己的尺子上，无论多么遥远也不可怕。令人难以把握的是溢出尺子之外的恐惧。我对未来一无所知。

因为太远。于是，就从心里羡慕敢于把握未来的人。

因为，我对未来一无所知。因此我揣摩写作就是探索未来的一种方式？我不知道。我在小说里所编造的故事，自以为属于新鲜货色，极有可能只是一捆干菜而已。唯一值得说道的是它出自个人化记忆。这就是出处。莫非小说已经成为个人回忆的方式？我不知道。我只知道回忆是一种极为复杂的个人情绪。回忆的非功利性，使回忆的个人化色彩明显浓烈起来。回忆，理所应当是个人的事情。这如同一个人不能代替另一个人睡眠一样。这种行为似乎越发逼近小说的本质。我想，所谓个人化写作如果能够引发别人的共鸣，那么便不为"一己之私"。小说也就具有了"大说"的意味。

令我感到大为惊异的事情终于发生了。那天清晨，我蓦然发现我所标榜的出自个人化记忆的镶嵌在小说里的一连串的故事，恰恰是我记忆之中并不存在的东西。这真是一件令人感到惊奇的事情。

我居然已经凭空杜撰多年。这时候我蓦然感到，所谓未来其实恰恰隐藏在历史的面孔里，或者说未来与历史其实出自同一张面孔。

是的。人生就是一次不可逆转的行走。所以我们互相之间必须走得很近很近——眨着一双无辜的眼睛。

因为太远，写作因此具有意义。还是因为太远，我们只能保持着这种生命态势，继续写作下去。

四、写作——可持续发展

一个从事写作的人，他的日常生活就是读读写写走走看看，有时候静下来想一想事情。事情还是要想的，因为这个世界正在发生巨大变化，文学界更是如此。

就说读书吧。从前我也看书，正所谓眉毛胡子一把抓，基本属于傻看，读书收获不大。后来渐渐明白了，懂得什么书是真书，有用的书，什么书是假书，摆花架子的书。再懂，感受就不一样了。最为重要的是我找到了看书的门道，遇到不明白的东西，知道上哪儿去找。过去不行，摸不着大门，心里还牛得不行。而凡是摸不着大门的时候，就追时髦，外面时兴什么书，我就跟着读什么。追时尚，赶浪头，弄得挺乱乎，也没得到什么真才实学。如今我懂事了，要想了解中国文化，首先要学会如何看中国书。学会读书好比学会上山，首先能够找到上山的小道。找到这条上山的小道，其乐无穷。我认识几个有出息的青年作家，他们都是读书方面的明白人。我读他们的小说，很长见识。同时也明白了，作家能否写出好作品并不在于年龄大小。如今，有的青年作家对西方文化很感兴趣，言必欧美，好像西方文化修养很深。其实呢，因为你缺乏对中国文化基本了解，所以对西方文化也不会有更深了解。因为你没有根。

还有，就是如何读解流行于文坛的口号。

文坛上有个口号是很著名的，那就是"突破"或者"超越自己"，当然这是个积极向上的口号，本身没什么错。我也曾经用这个口号暗暗要求自己，浑身较劲。后来我懂了，这个口号至少不适用于我这样的普通作者。为什么呢？因为我看到中国文坛上数不胜数的作家们，一生的写作其实都是在重复自己，有的成名之后甚至没有一篇作品超过当年的成名作。于是我恍然大悟，"超越自己"这个口号其实是用来鼓舞人心的，真正能够做到这一点的，只是极少数的天才作家。只有天才作家能够做到不断超越自己，就好比木匠里的鲁班。然而鲁班毕竟属于极少数者。

于是，我不再用"超越自己"这个口号来难为自己了。放弃这个口号之后，我感到非常舒服。在此之前，真不是人过的日子啊。

如今，我认为用"可持续发展"这句话来要求自己还是比较恰当的。写作应当是"持续"而"发展"的。我要求自己连续不断地写作。如果我几年不发表作品还算什么文学从业者呢？

写作本身也是文学实践。只有不断实践才能进步。"三年不飞，一飞冲天；三年不鸣，一鸣惊人。"这是当代大作家们洁身自好的座右铭，却不是人人都有资本讲这句话的。平庸如我者，做到可持续发展就很不错了。

再看如今流行于中国文坛的小说，几乎统统变成了一个模样，通篇叙述，公共话语，缺乏个性，有的小说里就连基本描写手法也见不到了，何谈汉语传统的白描呢？甚至人物对话也被叙述代替了。这无疑构成小说元素的大量流失。小说，因其元素流失而日趋干瘪起来。

这种小说创作的趋同走向，似乎来自全球化语境下的趋同生活。大家吃着同样的麦当劳，喝着同样的百事可乐，唱着同样的流行歌曲，看着同样的好莱坞的电影，天天都在重复着别人，天天也都在重复着自己。这就是如今国人的生活。重复，已经成了当今日常生活的一大特征了。如果你今天没有重复昨天的生活，那倒成了怪事。年年月月日日时时刻刻，一分一秒也没有什么两样。

我觉得，即使不谈什么超越自己，写作也应当强调可持续发展，同时一定要保持自己的一点点个性。没有个性的东西，一定出自工厂流水线，就像易拉罐儿一样。

写作，既要强调可持续发展，又要保持自己的创作个性。

五、乐在民间

我是在临近四十岁的时候开始喜欢京剧的。我的喜欢京剧只是听，不会唱。天津是目前中国京剧的重镇，经常有各种剧团的演出。我呢有机会就去听戏。戏院里很是热闹，开戏之前素不相识的人们津津有味地交谈着，毫无心机。这里的观众几乎都是白发苍苍的老年人，中年如我者，并不多见。是啊，如今属于"摇滚时代"，京剧的确已经成为少数人的艺术。尤其是演出结束之时狂热的戏迷们涌向台前朝着演员们高声欢呼时，我的心情突然悲壮起来。

他们是为了寻找同类才赶到戏院里来的。他们彼此之间毫无功利目的。他们自费为自己心目之中的艺术送葬（据说京剧即将成为博物馆艺术）。他们热爱京剧几乎成为一种信仰。他们坚守着阵地并且深知没有援军。他们之间的交谈属于真正的"民间话语"。

民间，有着真正的痛；民间，有着真正的爱；民间，有着真正的素不相识而又心心相印。

京剧之外，我还喜欢曲艺（当然是北方曲艺，我听不懂苏州评弹）。曲艺里我最为喜欢的是京韵大鼓和相声。关于京韵大鼓，我有"刘派""白派"以及"骆派"的录音带，经常坐在家里独自欣赏。相声呢由于平庸之作太多而精品太少，我几乎不听了。我改"听"为"看"。看什么呢？看《张寿臣单口相声选》。这是一本百看不厌的好书。张寿臣先生在他的笑话里所展现的人生情理经验，令我获益匪浅。有时我甚至认为，我们当代的许多作家就其智慧而言，是远远无法与张寿臣先生相提并论的。面对这个"说相声的"我感到自己尚未发现汉语的奥秘。汉语的根子在中国民间。

《小神仙》是张寿臣先生的著名段子，也叫《丢驴吃药》。小时候我坐在收音机前，一遍遍听着这段令人笑得前仰后合的相声，终生难忘。去年饭桌上大家谈起艺术与生活的关系，一位饭友认为中国相声多为应景之作通俗之声，难以流世。我告诉他，真正的相声与真正的小说一样，是经得起时间考验的。饭友不以为然。我说，如果将《小神仙》的故事放在当代生活场景里，依然具有意义。

饭友哈哈大笑，说《小神仙》是八十年前的故事，太老啦。

我就写了《演绎小神仙》。我将张寿臣先生的相声还原，然后将它装在当代生活的画框里。这时候我惊异地发现，八十年前的故事毫无隔世之感——历史与现实惊人地相似甚至相同。

这是民间的魅力。随着时光的流逝，永葆本色的事物往往置身于民间。这就是民间艺术的精神。

《中篇小说选刊》选载这篇作品。同时我还要说，前年夏天我的孩子患病，章世添先生表现出极大的爱心，这也是令我难忘的事情。

六、生活就是这样

《中篇小说选刊》要转载我的中篇小说《罗薇的峡谷》。从十几年前它就选载我的中篇小说，我是它的老作者了。不知为什么，每次接到来自福州的长途电话，我的心情都不平静——总觉得老朋友的目光一直在关注着我。这种情感我必须再次说明，《中篇小说选刊》在一九九七年我遇到人生难关的时候，曾经给予我极富爱心的支持。假使我不是一个很重感情的人，这也足以令我终生难忘。我没有去过地处祖国东南的福州。我也没有见过章世添先生。但我敢断定福州是一个好地方。从这个意义上讲我必须感谢《罗薇的峡谷》，这篇小说使我间隔三年又跟《中篇小说选刊》打起交道。这是多么令我愉快的事情。

言归正传。说说《罗薇的峡谷》吧。

不知什么原因，我一直不大会写富人，也不大会写女人。这可能跟自己的经历有关吧。然而，我比较会写普通人。这也可能跟自己的经历有关吧。罗薇就是一个普通的女人。我喜欢普通的女人。于是，我写了她。

当今的社会生活无疑具有强烈的多元化趋向。即使你是一个极其普通的人，也完全拥有选择生活的权利。可是令人感到遗憾的是我们在选择生活的同时，极有可能为生活所迷失。我们多次描绘生活的五光十色，其实生活本身是没有什么颜色的。

有颜色的，是人。生活因为人，而有了颜色。

罗薇就是一个有颜色的人。如果必须指出她身上的主色调，那么我只能说是杂色。一个经历了许多男人的女子，无疑是杂色的。

于是她将自己的边缘生活也染成了杂色。她独自支撑着这个城市的单亲家庭，活像一只孤独的母兽；她拼命工作甚至外出教学，生活的唯一目的似乎就是赚钱，以供养女儿日后的出国留学。罗薇在日益多元化的社会生活里，恰恰成为一个无论目的还是过程全都极其简单的女人。

我为罗薇简单的一元化生活而感到几分悲哀。同时也感到几分庆幸。难道不是这样吗？简单，有时也具有简单意义的幸福。复杂则必须付出复杂的代价——那可能就是我们通常所说的痛苦吧。

因此，有很多人宁可愿意简单地活着。

好在罗薇终于遭遇爱情，就是那位韩国男士金正源。在此之前罗薇似乎已不相信爱情的存在。她认为爱情是没有的。可是爱情居然降临。真是一石激起千层浪。

罗薇的生活因爱情而变得复杂。这种复杂的滋味，却令她激动不已。这种跨国的情恋，肯定是没有结果的。罗薇似乎并不在意结果如何。她尽情地享受着爱情的滋味——很苦也很涩。就这样，小说中的女主人公终于完成了她的人生跨越，从简单的罗薇变成了复杂的罗薇。

人物从简单到复杂，这时候我猛然觉得是我害了罗薇。

小说结尾的时候，罗薇面对落入便衣警察之手的窘境，竟然选择了从"复杂"重返"简单"。她虽然拨通了金正源先生的电话，却没有请他出面做证，证明她不是卖淫女，证明她与金先生之间是真正的爱情。她放弃了。她没有这样做。

我也不知道罗薇为什么做出了这样的选择——不言不语跟着那两个便衣警察走了。

这可能就是我们所说的最为简单的选择吧。反正我记得写到结尾的时候，自己哭了。我认为这是一种无奈的哭泣。同时也可以说明我在生活中是一个软弱的人。

这篇小说在《中国作家》发表之后，我们作协机关的几个女同志看了，问我为什么给罗薇选择这样的结局。我说不知道。我说我真的不知道。

这可能是生活对我的一种暗示。这也可能是我对生活的一种暗示。

生活就是这个样子。不信你朝前走吧，前面可能真的就有一条幽深的大峡谷。

七、黑马褪色是灰马

多年前，有老作家写文章称我为文坛"黑马"。时光悠悠十几载，这次据说林希先生写文章，仍然称我为文坛"黑马"，我竟然保持"黑马"称号如此天长地久，一寻思，心里挺不好意思的。

据我所知，"黑马"的本义是指事先不被公众看好而事后意外夺冠的那匹黑色赛马。如此看来，林希先生称我为"黑马"这绝对属于溢美之词。我混迹文坛时日不短，一不曾获得什么国家大奖，二不曾取得什么优胜成绩。我心里明明白白，称我为黑马者，那无疑是对我的抬举。

小生这厢有礼了。

我本是文坛一龙套，假如有两句唱词儿，那也是"里子"。这是我近年以来对自己的清醒认识。光阴似箭，混到我这种姥姥不疼舅舅不爱的年岁，如果还不知道自己吃几碗干饭，那真是脑子进水了。可能正是由于我对自己的评价比较恰当吧，人家才继续称我为"黑马"，继续抬举我。然而随着一年年的风吹日晒，我这匹冒牌儿黑马也褪了颜色。正是：黑马褪色是灰马。关于灰马，周立波先生在

《暴风骤雨》里把它分配给了哪家贫雇农，我记不清了。好在是灰马还有草吃。灰马就灰马吧。

灰马多说几句。说一说阅读和写作的事情。

我的最初阅读，完全是因为孤单（不是孤独），这大约是十来岁的事情。随着阅读的深入，我渐渐发现书籍里的世界竟然比生活里的世界大得多。其实生活里的世界也很大，但对我这样一个独守一隅的小毛孩子来说，生活里的世界再大我所能接触到的也只是一个个小小的角落而已。阅读则不同，阅读使我在书籍的世界里去了很多地方，认识了很多在生活世界里根本无法结识的人。孤单，确实是我阅读的起因。我在书籍的世界里认识了我的兄弟姐妹，尽管我在现实生活里什么都不曾拥有。在这里我必须提到我的外祖母。远在我识字之前她老人家充当了我的启蒙老师。在我的童年时代里，外祖母给我讲了许许多多故事，包括她本人的所见所闻，八国联军、日本皇军大队长、国民党军队师长等等，人物众多。她告诉我她十六岁那年见过鬼，青面獠牙的样子；她还告诉我她二十二岁那年见过神仙，那是一个脚踏五彩祥云的白胡子老头儿……

我的最初写作，也是因为孤单。由于孤单，我在写作过程中找到了对应的世界，那里有人有物有风景，当然也有爱情和友情，于是写作使我克服了孤单的感觉，不啻于一剂良药。

我写作的初始阶段，基本不包含名利思想，挺纯洁的。后来开始发表作品，人也渐渐复杂起来，整天是胸怀大志而郁郁不得志的样子。正是在这个阶段，我居然发表了不少东西。由此看来对我而言，名利思想也是一种生产力。当然这跟黑马不黑马的没有什么关系。后来，经历挫折多了，年岁也大一点儿了，明白了。明白什么了？明白文坛就是一座农贸市场（绝对不是超市），买什么的都有，卖什么的也都有，人多嘴杂，品种也比较齐全。你根本不必去羡慕大个儿南瓜，因为你本来就是小个儿土豆儿。那你就好好去当小土豆儿吧，被人家装进篮子拎回家，然后被某位爱下厨房的男士将你做成一盘"尖椒土豆丝"或"土豆烧牛肉"，这不挺好嘛。当然，大个儿南瓜也有大个儿南瓜的用场，兴许被人买回去摆在家里，当作一件古董欣赏，而且一摆就是十年八载的，逐渐成为南瓜里的化石。尽管如此，老南瓜还是南瓜，小土豆儿仍然是土豆儿。

由此看来，混迹于文坛你根本不用着急上火。举凡你着急上火的时候，往往是你没弄明白自己究竟是大南瓜还是小土豆。这就怪不得别人了。当然也有这种情况，你本来是个大南瓜，但是阴差阳错你多年以来就被当成小土豆儿，不得脱颖，那就是命运问题了。没辙。此类素材完全可以写成长篇童话《耳闻目睹三十年之小土豆》什么的，拿去出版。

我有时候拜读人家写的文章，很羡慕人家活得明白。可转念一想，人若是活得太明白，那日子未必好过。你一眼就能望穿万里云海，那不成神仙啦。而神仙是没有权利活在人间的，只能羽化而去。然而我们的作家一个个无论多大岁数都特别乐意活着。这就是矛盾。

人是不能胜天的。人也不可以走在时间前面。一个人一生只能做一件事，而且未必能够做好。作家更是如此。因此我能做的事情只是继续写作而已。如果必须使用"农贸市场"这个关键词来形容文坛，那我只能将自己比作一匹送菜进城的灰马。

灰马也是很光荣的。因为它促进了"菜篮子"工程。

在这里，我要一并感谢促使和允许我在《作家俱乐部》露面儿的有关人士。因为对我这样的作家来说，如此大出风头的机会，毕竟不多。最后，我还要感谢何镇邦先生、林希先生，还有何申哥、李晶姐，你们这次写了我，受累啦。我欠你们一个人情，至于这个人情如何还报，目前我正处于严肃的思考之中。

灰马干了一天活儿，应该吃草料去了。就此打住。

八、写作的真情实感

关于文学创作的心得体会，我毫不犹豫选择了"真情实感"这个题目。为什么要选择这个题目呢？我认为无论写作什么文章，作者的真情实感都应当是动笔的基本前提。缺乏真情实感的写作其结果只能写出缺乏真情实感的文章。缺乏真情实感的文章只是一株塑料花。塑料花没有生命。没有生命的花朵尽管看上去艳丽鲜亮，但它没有灵魂。

写作的灵魂是真诚。没有灵魂的文章，只是文字堆砌而已。

我就结合自己当年的写作情况，谈谈写作的真情实感问题。这是个大问题。

上海《文学报》有个专栏"我的成名作"，前年这个专栏的编辑约我写文章谈谈当年创作《黑砂》的情况。我在《温馨的回忆》这篇文章里，谈的也是写作的真情实感问题。写作《黑砂》的时候，我已经离开工厂多年而成为机关干部，然而正是由于我拥有八年的工厂生活，使我对工人们怀有难以忘却的真情实感，下笔之时，文思泉涌，有如神助。那时候我白天上班，晚间业余写作。记得深夜时分，我常常被自己小说里的人物逗得哈哈大笑或惹得泪流满面。我多年积累的真情实感在稿纸倾泻着，一发而不可收。《黑砂》发表之后引起中国文坛关注，我在作品讨论会只谈了一个问题——写作的生命是真诚。真情实感是作家从事写作的基本前提。尤其是在如今假烟假酒充斥市场的情况下，强调写作的真情实感，反对写作的虚情假意，越发成为当务之急。

我写《黑砂》是因为我怀着一腔真情实感。

那么如何获得写作的真情实感呢？这是很多同学最为关心的问题。我认为，写作的真情实感首先来自厚实的生活积累。拥有厚实的生活积累，便拥有了生活宝藏；拥有了生活宝藏，必将促使你产生思考，随着你对生活认识的逐步深化，你必将赢得生活的真情实感。生活中的真情实感转化为写作中的真情实感，应当说是逻辑上的必然。可是很多同学在作文中往往感受不到这种必然转化，这是为什么呢？这就是我要谈的关于真情实感的第二层面的问题。

　　如何获得生活中的真情实感呢？我认为首先就是提高自己对生活的感受能力。我们通常所说的敏锐的感受能力首先来自你对生活的热爱。换句话说你必须成为一个热爱生活的人，才能焕发你对生活的敏锐感受力。我们很难想象一个对生活持麻木态度的人，能够发现生活深处的真谛。春风、冬雪、高山、大河以及蓝天白云，这诸种大自然景象，只有在"有心人"的眼睛里，才能获得人生意义。因此我要说，做一个热爱生活拥有健康心理人格的人，是感悟生活的基本前提，也是作文的基本保障。

　　关于真情实感第二个层面的核心问题，我认为在强调生活积累的同时，必须强调情感积累。生活积累带给我们的是写作素材，而情感积累带给我们的是经年不衰的"写作溶剂"。拥有这种"写作溶剂"，即使当我们面对陌生素材的时候，也能够调动自己多年的情感积累而完成生活向写作的转化。因为，人类的情感是共通的。只要你用自己多年的情感积累投入写作，即使面对从未经历的事物，你也能够得心应手地完成一篇文章，并且赢得从生活到写作的"二度真实"。这种被我称为"二度真实"的过程，就是从生活真情实感向写作真情实感的艺术转化。于是，写作便成为创造。

　　我离开工厂已经十几年了，应当说与工业题材已产生一定距离。然而前年我创作的两部中篇小说《最后一个工人》和《最后一座工厂》仍然得到文坛好评。前者还被改编为话剧在北京、上海两地上演。我认为这就是多年情感积累的结果。只注重生活积累，必然成为机械论者。

千万不要忘记，写作首先是情感活动。忽视情感积累，必然使我们在写作过程中感到无所归依。这正是我要提醒同学们在作文时应当注意的问题。

我要再次强调，你必须热爱生活，才能赢得生活并且拥有真正的生活感受，从而投入真正的写作。作文不仅仅是一门功课。作文同时还是你走向生活的一扇大门。

作文，也是你生命的一种形式。因此我要说，真情实感的流失，只能是你生命缺乏绿意的表现。为了获得勃勃生机，你在自己的生命天地里，追求真情吧。作文亦然。

九、获奖感言

今天我站在这里——成为首届天津青年作家创作奖的获奖者，内心感慨万千。设立青年作家创作奖，这无疑是天津文学界的多年不遇的一件大事，作为一个从事写作的人，我完全可以用"如沐春风"来形容自己此时的感受。我以为，这是天津市委市政府对天津文学事业的重视和关怀，充分体现了文学在社会主义精神文明建设中的重要地位。因此，我欢呼天津文学春天的到来，并且对天津文学事业的未来充满信心。

今天是个重要的日子。我从二十世纪八十年代开始学习写作，便逐步体会到"文学是为人民大众的"深刻含义。作为我们这一代作家，坚决继承五四以来的优秀文化传统，时刻牢记《讲话》的教导，积极投身改革开放的社会洪流，真正做到"与时俱进"，这应当是我们的终身任务。

　　文学是寂寞之道。然而我又往往希望自己的作品受社会各界的关注和广大读者的认可。从这个意义上讲我格外重视今天的获奖，而且毫不掩饰自己的激动心情。因此，我要感谢这次评奖委员会的诸位评委，感谢你们在百忙中阅读了我的作品。我为自己能够拥有诸位评委这样的读者而感到莫大荣幸。同时，我还要感谢为设立天津青年作家创作奖励基金而辛勤工作的人们。正是由于你们的杰出工作使得我今天能够站在这里，说一说自己的心里话。

　　文学是一场人生马拉松，而且没有终点。今天的获奖对我来说，无疑具有重要意义。尽管我从事写作的目的并不是为了获奖，然而得到奖励毕竟是一件令我感到温馨的事情。它意味着我的写作又获得了一个新的起点。

　　我愿意借助今天这个机会，再次对天津青年作家创作奖的评委们表示感谢，再次对多年以来支持扶植我的出版界和新闻界的编辑朋友们、记者朋友们表示感谢，再次对天津文学界的前辈作家致以深深的敬意，特别是那些我永远尊敬的读者。同时，我还没有忘记对那些为设立天津市青年作家创作奖励基金而做出贡献的企业界人士表示谢意。

　　面对如此厚爱，我无以为报。我愿意向前辈作家、文学评论家以及我的文学同行们虚心请教，争取有个小小的进步。是的，我将继续写作，我将继续坚持自己的文学良心与文化立场，就像战士们固守阵地一样。

　　最后，请允许我感谢今天的晴朗天气，同时感谢各界朋友们。

十、说给《青年文学》听

　　记得第一次被别人称为中年作家，心里很不适应，觉得青春就这样没了，挺悲凉的。好在文学不是青春饭，你继续写作就是了。随着年龄的增长，记忆世界里的景物越发清晰起来。譬如说《青年文学》。

近几年来有时与朋友们回忆起"文学青年"时代，我自恃记忆力良好，往往拿出"文坛掌故"来考问同龄的文学朋友。

《青年文学》的前身是什么？

很多人回答不上来。

我就告诉他们，《青年文学》的前身名叫《小说季刊》，每季度出版一本。每期我都到报刊亭去买，那时候定价很便宜，你少吃一顿早点就是了。后来，改成《青年文学》，是双月刊，你少吃一顿早点仍然买得起。再后来，就改成月刊了。

我喜欢《青年文学》，当年无数次梦想成为它的作者。后来我真的成了它的作者，内心感到非常荣耀。再后来，我与《青年文学》的编辑成为要好的朋友，内心懂得了什么是真正的友谊。

你必须承认，人会渐渐变老的。文学刊物则不同。当你年轻的时候，它与你青春共在。当你觉得自己渐渐变老的时候，它永远记载着你的青春。假若我想做到时光倒流，就去翻阅自己当年发表在刊物上的作品，心里感到非常舒服。青春照片——这就是《青年文学》的魅力。这就是二百期之际，我所受到的《青年文学》的感召。好在我并不太老。我将继续在《青年文学》上看到自己。

十一、存在的轨迹

当初学作小说，心中常有一种神圣感。提笔之时从自卑中挣扎出来，将小说想得十分伟大，并因此而激动。

那时候，写作是一种生活。如今，写作也是一种生活。

同是写生活，却觉得大不相同了。由生活而艺术，这是一条并不陈旧的古训，几乎无人不晓。但生活与艺术之间的关系，究竟复杂到什么程度，却也是令人难以三言两语讲清楚的。然而面对一项如此巨大的创造工程，我们终将要诉说。其实每个人都在诉说。

我又能诉说什么呢——小说。

初学作小说时，总觉得自己是井中之蛙，生活的天地实在太小，唯恐阅历简单而无法写出生活的丰富。于是就努力拓展生活领域，延伸自己的客观世界。

这很重要，正所谓古人说：行万里路。

但我们不能人人都行万里路，尽管"万里路"是比喻意义上的不定数，即使行了万里，前面还有十万里、百万里，永无尽头。

世界永远比你大，你必须承认。

有那么一段时间，我确实向生活投降了。在博大精深的生活面前，你永远感觉弱小，好似一粒砂砾。生活是个弹性体，你能包容多少，它便有多大。即使你一生不停地去体验生活，生活也永远将你笼罩。基于这样一种认识，那一段时间里我写了不少东西。当时我认为小说只是一种"复述"。我曾在一篇文章里说："作小说，无论我将爱与恨写得多么轰轰烈烈，或大喜或大悲，其实所有这些几十年前几百年前甚至几千年前都已经轰轰烈烈上演了无数次了。只是由于生命短暂，我们不曾经历罢了。我所能做的，只是一种复述。所谓新意，也只不过要复述和更为别致罢了。"

当时我还认为"一切都已发生并将继续发生下去"。

就这样我也写了一些年，也曾经受到好评。渐渐，我也觉得自己是个做小说的作家了。

有一天早晨醒来，我终于有所领悟。作家，其实首先是一种精神职业。你的社会职业是个作家，然而你在精神上可能是个商贩；

113

你是个商贩，由于你的精神创造力，你的精神职业已经是个作家了。

同时我想到小说以及做小说的人。我们之所以热衷于此，首先是因为我们拥有或者渴望拥有一种精神，由此而创造一个与我们的现实世界或平行或交叉而存在的艺术世界。我们的精神，从现实生活中走来，到艺术世界里落户。譬如说，我们的小说语言，就是属于这个艺术世界的共同语。当我们将它向现实生活世界诉说的时候，听者也觉得这原本就是我们的语言。在某种意义上讲，语言是此岸与彼岸的唯一桥梁。集主观与客观、现实世界与艺术王国于一体而又能够超越所谓小说与生活之间疆界的有翼魔物，是我们的诉说——语言。

我在这里谈到小说语言，属于闲笔。我想说的是：在强调一个作家必须体验生活的同时，我还感觉到精神作为一种溶剂对客观生活所具有的"溶解能力"。这种由精神而产生的"溶解能力"作用于我们的小说之中，使茶更为茶、酒更为酒，使生活越发生活化。

以前我写过一些表现当代市民生活的小说，似乎身在其中。如今我又写了一些反映解放之前市民生活的小说，也似乎身在其中。我生在新社会长在红旗下，如何去体验解放之前的生活呢？只能说这是一种作者对生活的"溶解现象"。因此，我越发注重一个作家在体验生活意义上的"精神溶解能力"的增强。一个作家，他的生辰年月是不详的。

只有将现实生活中的块垒溶解之后，才有艺术作品重塑的可能。由此作家的一系列精神生活也表现为一种存在的轨迹了。

于是我们才有诉说。因为我们已经存在。

就一篇小说而言。它愈生活化其实愈艺术化；它愈具有现实性其实愈由某种精神性所注定；它愈真实其实愈证明它是另一种非真实的形式转换。小说才因此而成为小说。

不确立不拥有不表现一种精神，我们将无以诉说并失去家园——作家于生活于艺术，也将成为这个世界上最为引人注目的待业者。

这正是我迫于待业危机所要说的话。

十二、话说《鼠年》

一连串的日子，就这样过去了。我终于写完了《鼠年》。屈指一算，我在家里坐了整整三个月。其间我出去了几次，走到人群当中。最终还是回到这个房间，静静坐在电脑前，用男人的手指敲击着键盘，屏幕上出现一行行文字。有时候，我觉得自己是在织网。就在长篇小说收尾的一霎间，我觉得自己已经被织到网里去了，体味到灵魂出窍的感觉。那感觉其实是一种麻木。

于是，我在这部长篇小说后记里对读者诸君说：如果你是魔鬼，这本书就是写给你的。如果你是天使，这本书也是写给你的。如果你夜里是天使，白日是魔鬼，那么就请你将这本书送给你的母亲。她日夜都在注视着你，也注视着这部我用电脑写出的长篇小说。

电脑是个好东西。从前用笔写作的时候，有一种唯我无援的感觉。因而写作成了极其孤单的自我行为。当然，还有稿纸和笔。如今面对电脑，我总觉得眼前有了对应物。我看着它，它也看着我。就这么对视了三个月，我渐渐懂得了什么叫"对影成三人"。

就在写《鼠年》的过程中，电脑出了几次毛病，给我带来了一些小小麻烦。我打电话将电脑出现的这些毛病说给我的同行们听。他们都认为我的电脑出现的这些毛病是不可思议的。也就是说我的电脑是绝对不该出现这些毛病的。我心里暗想，莫非是我出了毛病？于是，我觉得电脑是我的对手了。以前写作，对手仅仅是自己。如今就不同了。你面前添了一个随时都可能与你作对的家伙。它可能在你最需要支持的时候，背叛你。这时你会觉得电脑是个坏人。这是多么有意思的事情啊，当你写作的时候，还要提防着这个时刻都有可能败坏你的家伙。而你又必须与这家伙同行，谋求合作。电脑以第三者的身份参与了你的写作。

这样，写作的过程就愈加显现出一种苍茫的意味。

这真成了当今文坛的一个曲折写照。怪不得有些大作家都不敢使用电脑呢，他们一定是承受不了这种刺激。

有时，你会认为电脑不仅仅是物质的，它也具有精神。它也是一个人，一个拥有灵魂的人。有时，你会产生战胜电脑的欲望。有时，你几乎无法想象电脑写作的真正含义是什么。它可能仅仅只是一个过程而已。

我记得有那样一个夜晚。

只要是夜间写作，逢子时我便去阳台站一站。我住在顶楼，我楼上的邻居，白日是蓝天，夜晚就换成一片星星。站在阳台上，我想到自己戒烟已经三年多了，嗅觉又重新变得灵敏。我朝外边望去。夜深人静，空气之中游动着一种无形，这是你在白天根本无法察觉的。那种无形，它究竟是什么呢？我丝毫也说不清楚。面对夜色，我就默默站立着，心里一派空茫。

有时我就在心中问道，你为什么要戒烟呢？于是努力回忆三年前戒烟的情景。已经回忆不起了。三年后的今天，我才知道这是一个定数。人世间最为强大的，就是时间。

从阳台回到电脑面前，仿佛要走很远的路。其实近在咫尺。那个夜晚，就在我从阳台回到电脑前一刹那，我脑海里闪过了一个令我大吃一惊的念头。

我今后几十年里所要写出的小说，此时都已经装在我的电脑里

116

了。我每天的写作，只不过是将那些早已藏在电脑里的前世已定的故事一行又一行显示在屏幕上而已。我在有生之年所做的一切，电脑早已成竹在胸。它无时无刻都在注视着我，看我如何将那些早已前定的东西从电脑里搬运出来，举到读者面前。

这就是我唯一能做的事情吧？如果真是这样，那么有时我认为电脑出现的毛病，可能恰恰是我的一个错误。在沉默是金的时代里，电脑也无言。而我却成了一个滔滔不绝而又强词夺理的人。真是该掌嘴了。

唯一值得庆幸的是，我从来没有产生过拆开电脑的念头，去提前看看在我八十八岁的时候，应当写出什么样的小说来。

如果我那样做了，就不是一种好奇心理了，而是招惹。我知道在时间隧道里，我早已完成了自己。

不该知道的，就不要问。好像小时候外祖母对我说过这样的话。她老人家十五年前于欧阳修所说的"环滁皆山也"的地方仙逝，享年九十六岁。

是的，我只知道适逢中国鼠年我写完的这部长篇小说名叫《鼠年》。除此之外，我什么也不知道。我知道自己可能是个来历不明的孩子。当我牙牙学语的时候，人们却发现这个孩子已经拥有五百年阅历。我是孩童，却有着比历史更为古老的心灵。我那比历史更为古老的心灵，竟令我永远无法长大。于是，我时时都感到自己是住在一只玻璃瓶子里。于是，我就选择了写作这个行当。

这就是我的一纸简历。除此之外，我什么都不知道。你就是将我拖上老虎凳，我也什么都不知道。你就是对我施以美人计，我也什么都不知道。

不该知道的，就不要问。我的外祖母真的这样教导过我。我已经将这句话输入我的电脑，以此告慰她老人家在天之灵吧。

由谁能来打碎这只玻璃瓶子呢？

十三、《尴尬英雄》后记

这部篇幅并不算长的长篇小说与读者见面了，对我来说这是一件值得高兴的事情：我终于对文学史里的这个著名的奸杀故事进行了改写，我认为这是一次成功的颠覆。

我享受着颠覆之后的快感。

杨雄先生杀死自己的太太潘巧云，历来被认为是大快人心的事情。堂堂大英雄居然被戴了一顶绿色头盔，这怎么能够容忍呢？于是，杨雄杀妻就成为合情合理的行为，石秀也成为有仁有义的举报者。

我们除了对杨雄先生表示声援，还能做些什么工作呢？

我选择了写书——写了《尴尬英雄》这本书。这个书名是我在最后一刻决定的。选择了这个书名，我感到非常得意。

英雄是尴尬的，尤其是杨雄这种怀有柔肠的英雄，更是尴尬。石秀也是英雄，他也感到尴尬。当然石秀的尴尬处境是在这部小说临近结尾的时候表现出来的，就像是晚点进站的火车。

其实，尴尬也是一种人生状态。

是的。我在这部小说的写作过程中，渐渐体会到了我们中华民族千百年流传下来的文化遗产是一笔多么巨大的库存。尽管仓库保管员已经死了，然而这座宏伟的大仓库犹存。无论是谁，只要你进入这座仓库游览观光，也只能自己充当自己的导游。因为我们的历史太悠久了，导游肯定中途因生命耗尽而死去。自带酒水的游客只能自己寻着方向朝前走去。

你肯定能够走进"奸杀展馆"，这里的游客早已爆棚，观众人数不亚于甲 A。数也数不清的奸夫淫妇陈列在这里，以西门庆与潘金莲为首，然后就是海和尚与潘巧云，数不胜数。于是游客们尽情欣赏着，满足着各自不同的心理。

尽管"奸杀展馆"门票价格很高，但人们还是认为不虚此行。自古以来，我们这个民族似乎就对奸情颇感兴趣。因此有"奸近杀"之说。奸杀，成了文学作品的一大主题。

奸杀太多了。于是，我将"杨雄杀潘巧云"这个故事进行改写。最终奸情没有了，故事在我的篡改之下变成另外一个样子。这时候，一种写作快感油然而生，我觉得这种劳动很有意思。同时，我也懂得了什么叫作历史。

我将历史上臭名昭著的一对奸夫淫妇改写成为两个无辜男女，无外乎是一次行之有效的人物改造。因此杨雄和石秀也就成为这桩重大冤案的肇事者。

我认为这是一次面目全非的写作。我对自己表示祝贺。同时，我也要感谢能够从头到尾看完这部小说的读者。在这里我要告诉亲爱的读者：随着时光的流逝，人间所有已成定论的东西其实都是可以重新审视的。正是在这个重新审视的过程之中，我们发现了现世的乐趣。

这种乐趣就是对那些强加在我们头上的似是而非的东西说"不"。

十四、谈谈《最后一个工人》

那天晚上，章世添同志从福州打来长途电话，说要转载《最后一个工人》，并嘱我写一个创作谈，头条推出。在此之前，《天津工商报》已经开始连载这部小说，晓临同志也要我写一个创作谈。看来我必须对读者有一个交代。

我就写下这篇感言。

我的祖籍是静海。据说从祖父那辈就离开县城到天津来了。我在津浦线上来来往往，却从未在那座据说当年萧姓乃名门望族的县城下车。祖籍静海对我来说，只是车窗之外匆匆掠过的一处风景。由于根须无存，我始终认为静海只是我的祖籍而不是我的故乡。尽管我曾在《静海县志》里读到有关祖上的记载。今年，我的孩子晓雨参加学校组织的学农劳动到静海。出发之前我在地图上找到他要去的地名。我告诉晓雨静海是我们的祖籍。晓雨默然。

于是我认为自己是一个没有故乡的人。

就在我写《最后一个工人》的一天夜里，我又听到冲天炉的喧嚣：白亮亮的铁水从前炉里淌出，放射出满天火星；炉火映出的人影儿，长长地拖在身后，四处乱走；一个声音吆喝天车，真正称得上钢音铁嗓。是啊，这就是我挥洒青春汗水的地方。我从十六岁走进工厂，应当说这是一种注定。

我先后拥有八年的工厂生活。这就如同一个来自农村而终生不忘田野的孩子，工厂似乎成了我的故乡。光阴荏苒，我越发认为"故乡"具有不可替代的特殊地位。即使一个四海为家的天外游子，漂泊一生其实从未真正走出故乡。太阳在前，而故乡的影子永远拖在你的身后。于是我回过头来，注视着故乡。离开工厂多年，不知为什么许多景物反而越发清晰了。于是钢铁工厂在心目之中竟然散发出一种泥土的芬芳。我真的成了一个离家多年的游子，奔跑在故乡的大道上。这时我终于明白，树为什么生根，花为什么开放。于是我写了《最后一个工人》。

有人问我，谁是最后一个工人？我要说，处于社会转型期，我们都是"最后一个"。告别旧体制，迎接一个个人生挑战，在急剧变化的社会生活中寻找自己的坐标，从而成为战胜困境的"第一个"。这正是我小说的现实主义文学意义。我始终认为，人类的历史自古至今就伴随着"困境"二字。大禹治水是为了摆脱灭顶的困境；愚公移山是为了超越拦路的困境。人类正是跨越一道道困境而抵达今日的。从哲学意义上说困境是永恒的。因此人类的不懈抗争才显得悲壮并具有意义。当我用这种目光回望故乡的时候，别有一番心情。

走在我所居住的这座城市的大街上，你总会看到一处处毫不引人注目的风景。于是，我看到了路边的"崔氏小菜"，那一个个下岗女工，集女儿、妻子、母亲重任于一身，走上街头谋生。她们没有工夫叹息；她们没有工夫抱怨；她们只能朝前走去，心中相信未来，相信未来的美好。自己救助自己，几乎成为她们的灵魂方式。她们的坚忍与宁静，使女性世界更加美丽。这就是我们通常所说的牺牲精神。是啊，她们属于"最后一个"，同时，她们以自己的不懈劳动，朝着新生活的"第一个"走去。无论她们能否到达彼岸，自我救助的道路都将无与伦比。

如果我们的生活之中存在"最后一个工人"，那么势必存在"最后一个厂长"。崔才焕乍看并不可爱，甚至有几分狡猾。然而随着他的走近，我们看到他的心灵深处。在新旧体制的夹缝之中，他以自我牺牲的悲壮精神，支撑着困境之下的企业。他性格深处的特殊性，正是社会转型时期的写照。只有在当今这个时代，才会产生崔才焕这样的厂长。崔才焕这个理想主义者穿越社会生活的边缘地带，义无反顾朝前走去。想到这些，我的心情总是激动不已。

是啊，我们置身于困境之中。周家林以及周家林们也置身于困境之中。面对困境，中国人的选择往往是自救。我认为自救属于中国方式。

我看到了三代工人。岳母陈凤珍依然以棉纺工业"上青天"为自豪；周家林江忆兰们则竭尽全力寻找新生活的坐标；"方便面"这一代人身上没有更多的历史因袭，大踏步向前走去。是啊，我们所面临的困境是中国工业发展史前所未有的。于是跨越困境也成为前无古人的光荣事业。置身于这个光荣的行列之中，你将发现自己是多么喜爱跋涉。于是，你蹚过一道道河流，朝着远山攀去。

必须朝前走去。你别无选择。

感谢所有看过《最后一个工人》的读者。

十五、序六篇

序《二十四小时泊岸》

吕金才同志告诉我，他即将出版一本新书，要我为他写一篇序言。尽管这是他对我的信任，但我还是毫无思想准备，下意识地应允了。我说的毫无思想准备，是由于在此之前我从未想过为别人作序的事情。对我来说，这是第一次。

我认真拜读了这本新书的稿子，鼓起勇气做我从未做过的事情——为别人的书作序。谈起金才的写作，我还是有话可说的。他的创作以散文和短篇小说为主，尽管篇幅比较短小，但隽永耐读。文章之中涌动的才思，大多来自作者对生活的强烈感受，绝非无病呻吟。譬如说《赶考路上》关于父亲背影的描写，真情实感从字里行间散发出来，父子之情动人心弦。《永远的玫瑰》则表现出作者对人生与情感的思考，很有哲理。金才的散文创作，并不追求轰轰烈烈的气势，或者说他并不想以轰轰烈烈取胜，去赢得读者。金才的散文似乎处处都在印证着他的文学追求：清淡平和之中，方见精神。我认为他应当多写一些这样的散文。

金才的短篇小说，篇幅都不长。看得出他是有所追求的。在如今这个故事泛滥的时代，他的短篇小说似乎并不着力追求故事的新奇，而是以散文笔调完成他的叙述与描写。譬如《青衫女人》，譬如《椅子》，譬如《影子》，无不体现了他的这种小说观。由此我感到，金才的小说具有散文化倾向，而他的散文又多为叙事之作。这大概就是吕金才文学创作的"边缘现象"。有现象就比没现象好。我想，他应当继续这样写下去。写到一定的时候，可以对这种边缘现象加以总结。这样，也便于扬长避短，深化自己。

　　金才是个业余作者。在我们居住的这座城市里像吕金才这样的业余作者对文学的热情与挚爱，甚至超过了有些以文学为业的作家。这不能不令人感动。吕金才正是基于对文学的热爱与追求，才将这本新书里收集的作品呈献给读者的。他的心情，我完全能够理解。

　　这正是我读罢书稿之后所产生的感想。写在这里，算是对金才的一个交代，也算是我对热爱文学的人们所表示的敬意。

序《北方城市的情歌》

　　我与马国语接触很少。然而知道马国语的名字，却是很早的事情了。记得那是一九七六年，我在《天津文艺》（也就是原来的《新港》）上读到她的一首诗，就记住了这个醒目的名字。马国语的名字显得宏大。在当时我并不知道作者是一位女性。那时候我们青春年少，文学是一项金光闪闪的事业。这种闪闪金光并不是来自金币而是来自理想。

　　认识马国语是多年之后的事情。此间她的写作从未间断。马国语与她的诗歌共同成长。我呢也连续不断在报刊上读到她的新作。

　　记得有人说过，一个热爱写作的人的一生，其实就是一场文学的马拉松。你注定是要起跑的，起跑之后也就注定了你的命运——

永不停步跑向终点。终点在哪里呢？终点就是我们生命的终极。这是毫无疑问的，也是别无选择的。同时文学的魅力也在于超越生命的终极。正是因为如此，我们才选择了写作。至今我仍然认为，人生如果是一个大不幸，那么选择写作应当是大不幸之中的幸事了。人生旅途漫漫，诗人边走边唱，即使是"美丽的瞬间"也能够发出自己的声音。这是多么令人神往的事情啊。

这次马国语结集出版她的诗集《北方城市的情歌》，使我得以专心致志拜读了她的诗稿。这时，我蓦然想起首次读到马国语诗歌的一九七六年。我被不可战胜的时间打动了。

是啊，二十多年过去了。一个人执着于一件事情，朝朝夕夕做了二十多年，实属难能可贵。况且我们处于一个前所未有的物质时代，诗歌也就越发显现出她的精神价值。我想，这就是《北方城市的情歌》出版的真正意义。从这个意义上说，马国语既是一个成熟的诗人也是一个执着的歌者。执着的歌者将她的诗集分成五辑："美丽的瞬间""飞旋的符号""梦中梦""天园""北方城市的情歌"，这无疑为读者构成一座景致盎然的园林。徜徉其间观赏人生风景，必有收获。

我不是一个诗人，无权对马国语的诗歌发表评价。然而我是一个读者。出于自幼对诗歌的热爱，我在阅读《北方城市的情歌》时所受到的感动，首先归功于马国语作品里所蕴含的诗性。阅读马国语的诗歌，不乏佳作。我常常遇到惊心动魄的句子并为之动容，我以为这是智慧，这是激情，这是发自心灵深处的声音：

> 最艳丽的
> 是最勇敢的
> 脱颖而出的力量

这也表达了对生活的深刻领悟：

飞旋的符号引发的
故事
是一种氛围
对另一种氛围的
蚕食

我尤其要告诉读者，阅读这部诗集的总共七十二首诗的过程中，最为打动我的是那首《天园》，不知为什么，我热泪盈眶。冷静下来我想，一定是《天园》引发了我内心深处的共鸣：

但是我渴望完美
渴望以一种高贵的
形象
进入我毕生追求的
天园的高贵

毋庸讳言，我们所处的并不是一个诗歌的时代。正是因为这样，诗歌恰恰显现出她的高贵与尊严。对于身处物质时代的诗人而言，诗歌的高贵极有可能导致生活的窘迫，这是毫无办法的事情。诗人们在走向高贵的同时也走向悲壮。于是，坚持个人化写作不但成为一种可能而且成为一种心灵现实。除此之外，我还能说什么呢？

诗人不但是一个称谓，也是一个灵魂的选择。

祝贺中年的马国语出版她心爱的诗集。同时我真心希望读者之中有人能够喜欢马国语的诗歌。我之所以乐于为马国语的诗集作序，完全是出于对诗人的敬重和对读者的期待。

只要人类的阵地有人坚守，诗歌就不会消亡。

这就是歌者的足迹。诸君请听马国语的歌唱。

是为序。

序《捧角儿》

刘万庆的小说，我读得不多。这次滑富强先生嘱我为万庆即将出版的新书作序。我呢与万庆也见了面，其实在此之前，我与他多次见面，只是交谈不多不深而已。

这次，我主要阅读的是刘万庆的中篇小说《楼市》，还有《捧角儿》。这篇被冠以《捧角儿》的小说，篇幅介于短篇与中篇之间，这对期刊编辑来说，是个不讨好的尺寸，然而这却是一篇好读的小说。我之所以着重谈到这篇小说，那完全是由于它在万庆的小说创作之中，占有十分重要的位置。我是这样认为的，尽管这很有可能出于一种难以察觉的偏爱。

《捧角儿》这篇小说给我留下的最深印象可以概括为一句话，那就是"民间的魅力"。

混迹于文坛以来，尤其是不惑之年以后，我蓦然对"民间"产生了更为深切的理解。民间——这是一个多么浩浩荡荡的词语啊！

每当我坐在戏院里听京剧（民间叫大戏），发现开戏之前素不相识的人们津津有味交谈着，毫无心机。这里的观众几乎都是白发苍苍的老年人，他们是为了寻找同类才赶到戏院里来的。他们彼此之间毫无功利目的。他们自费为自己心目之中的艺术送葬（据说京剧即将成为博物馆艺术）。他们热爱京剧几乎成为信仰。他们坚守着阵地并且深知没有援军。他们之间的交谈属于真正的"民间话语"。尤

126

其是演出结束之时狂热的戏迷们涌向台前朝着演员们高声欢呼时，我的心情突然悲壮起来。

这就是民间啊！

这就是与"摇滚时代"同时存在的民间壮景啊！

每当我独自走在当年辉煌无比如今破落贫寂的街区，有人指着一个佝偻的背影，告诉我那位老人就是当年著名艺人某某某的时候，我再度感到民间二字的分量。民间啊，有着真正的痛；民间，有着真正的爱。民间，有着真正的素不相识而又心心相印。

由此，我想到曲艺，我想到曲艺里的京韵大鼓（关于京韵大鼓，我有"刘派""白派"以及"骆派"的录音带，经常坐在家里独自欣赏）。我想到很多很多即将在我们生活里消逝的事物。

是的，乐在民间。

如今，我在刘万庆的小说《捧角儿》里，十分荣幸地听到了京韵大鼓。如果我没有说错，《捧角儿》里有诸多声音，然而真正的人性之音应当是京韵大鼓。万庆以京韵大鼓为载体，向我们展示了他的小说世界，以及他对生活的理解。

如今扎根民间的小说家，真的不多了。而扎根民间又真心热爱民间艺术的小说家，似乎更少。说实在话，我所见到的许多中国小说家，根本不懂中国的事情。他们对美国的了解，似乎远远超过他们对中国的了解。其实呢？他们无论对中国还是对美国，都不了解。

一个个根本不了解自己民族文化的人，居然成了小说家而且被一小撮人捧红而且横行中国，这真是前所未闻的怪事。如今，却习以为常了。

因此，中国小说界的平庸之作太多了，而且走红。

刘万庆则不是这样。刘万庆似乎也没有"走红全国"的雄心壮志。他有自己的一份工作，同时写小说。我赞赏万庆的生存状态。

这样最好。成名与不成名，一样写。当然，我这样说并不等于万庆的《捧角儿》就是大作品了。但我敢说这是万庆的一次突破。他从此走向艺术，从此走向真正的民间。在此之前如果说他也走向了民间，我以为《捧角儿》是他的一次深化。

万庆与他的文友们，生活在天津北部的一个区。我的青年时代，曾经在那个区的一座大工厂里做工。天津北辰区成了我履历表里不可回避的一段时光。据说有的作家成名之后不愿意别人提起他当年的经历，似乎只能提起某年毕业于英国"牛津"或者美国"哈佛"才好。唉，人跟人就是不一样。好在大家都是人生父母养的。别忘了这个出处就行。

好啦，让我大声祝贺刘万庆出版新书。祝贺那一群生活在天津北辰区的文学兄弟姐妹们。今后，无论我身居何处，永远也不会忘记自己曾经与你们生活在一块共同的土地上。

接着写吧，万庆。

序殷博作品集

殷博先生送来他的书稿，请我作序。平时，我是疏于阅读的，只是偶尔翻一翻报纸什么的，很少连篇累牍。这次我面对殷博先生送来的作品，赫赫然陈列于桌上，还是读得津津有味的。殷博先生年少却高才，身为南开大学的"大四"学生，已经有了许多作品发表，不能不令人佩服。因此我没有称他"殷博同学"而是称他"殷博先生"，也在情理之中。当年，六岁的秀兰·邓波进入好莱坞拍戏，坚决要求制片人称她为小姐，令人忍俊不禁。殷博不是秀兰·邓波，然而我还是要称他为先生的。因为，在我们这座城市里投身写作的人，越来越少了。从保护生物多样性的意义上说，投身写作的人在我们这座城市里已有成为大熊猫的趋势。

因此，我乐于为殷博先生出版的新书作序，尽管我们都不愿意成为"大熊猫"。

我读了殷博先生的书稿。说实话，我首先是羡慕。多好啊，这么年轻就能出书，比我们这一代人强多了。同时我也感到，殷博先生在他作品里所描述的多为校园生活的人生状态，对我来说，一派陌生。我不了解如今的年轻人，就如同当年的父辈不了解年轻的我们一样。然而，这并不影响我对殷博先生作品内涵的理解。跨越与沟通，这正是文学作品的魅力所在——我们因此而阅读并且继续阅读下去。

殷博先生的这部书稿里，有小说，也有散文随笔，这说明他已经能够驾驭多种文体，颇有"少年老成"的功力。尤其是《边界1999》我最为喜欢，它流露出一种淡淡的忧伤。这种忧伤有时候是青年人读不出的，而中年人则对此很有感伤。这正是殷博先生"少年老成"的写照。然而我以为他是无意为之的。无意为之比有意为之，更好。殷博如此年纪，不要活得过于明白了。

《快乐2000》以及《回声》什么的，均属于小说范畴，读起来流畅自然，很有青春气息。但是，殷博的作品与目前我国文坛上风行的"新生代"啊"晚生代"的作家们的作品相比较，似乎有着相同的倾向，那就是使用"公共话语"写作而缺乏个性化语言。国内已有批评家发出忠告，如此写作，久而久之，难免面临写作资源同一而造成的匮乏状态，从而集体"失语"。殷博先生年轻有为，我在这里只是提醒一声，但愿这是我的杞人忧天。

殷博先生散文随笔之类的文字，写得也不错，如《少年游》啊《四季禅》还有《念来去》等等，如果说存在什么不足，那只能是由于作者的年轻。年轻是人生的优势。如此说来，也就不为什么不足了。从殷博先生的写作势头看，我以为他是大有前途的，但必须牢记扎扎实实这四个字。读万卷书，行万里路。文学毕竟是一种人生状态，从这个意义上说，颇具才华的殷博所面临的道路，很漫长，也很艰辛。倘若他自愿选择了这条道路，别人是无话可说的——因为这毕竟是一条崎岖并且令很多攀登者顿生悔意的道路啊。

我听到了，你向我的诉说。

好了，不多说啦。祝贺殷博先生出版新书。同时，我期待着他成为我们文坛的一员骁将。

序谢存礼作品集

谢存礼同志即将出版他的第四册作品集，打来电话要我作序。我没有推辞。在此之前我曾经婉言谢绝了几位作者的美意，主要原因出于自知之明。我认为，为人作序属于文坛德高望重者。后生如我者做这种事情，就沐猴而冠了。然而我还是赤膊上阵了。

我之所以乐于为存礼同志的作品集作序是由于我认识他已经二十多年了。我记得第一次见到存礼同志是在天津第一工人文化宫的工人文学社。那时候他在造纸公司宣传部工作，操着一口普通话，身材清瘦而文质彬彬。他写诗，也写散文什么的。我至今记得他写过一首叙事诗《刘邓大军过汝河》。

一晃，二十多年过去了。此间存礼同志变换了几个工作单位，步入人生的黄金季节——中年。这一次我捧读他的作品集，不由得受到感动。是啊，即使工作单位几次变换，存礼同志始终没有放弃的就是写作。他写诗，写散文，写杂文，写报告文学，涉足范围广泛，文学视野开阔，有感而发多年不衰地保持着创作热情。从他的创作中可以看出，他生长生活在天津，对这座母亲城市充满了热爱。他热爱关注天津，而且对这座母亲城市的历史沿革风土人情有着深入了解，真正做到了"本土写作"。无论读他的散文还是报告文学，我都强烈地感受到存礼同志的文学情怀。这种情怀恰恰促成了他多年不辍的写作。写作本身就是他文学情怀的体现。明知文学已然失去轰动效应而继续写作，这应当说是他对文学的真正热爱。就当今社会而言，这是很难得的。

存礼同志的散文写作风格是坦荡质朴，有直言风采。他的诗，同样关照现实生活，从不追求过于深奥晦涩的所谓艺术境界。因此我阅读他的作品一路顺畅，于是就写了这篇序言。我深知，自己才疏学浅无权对存礼的作品妄加评价，我只能说他是一个几十年来从不停顿的写作者。这种坚持与执着，本身就具有文学守望的价值。而真正的文学作品，往往是多年坚持的结果。坚持，本身就是文化立场。坚持，本身便连缀成为岁月。岁月如歌。

序《运河耳语》

朱国成这篇文章的标题《运河耳语》，一册大作出炉。倘若如此，我的这篇读后感便成为一篇"序言"，我的这篇序言很可能成为"妄言"。不论妄不妄言，读罢他的文章我还是有话要说的。

认识国成时间不算很短，以为这是一个反应机敏语言幽默的男子，能喝点儿酒而且在一个名叫大寺的地方快乐地工作着。我还知道他个人博客名为"老六月雪"，几次上网浏览。今天读罢他《阅读大运河·运河耳语》里一篇篇文章，我意识到以前并不很了解他。

国成是个很有思想的人，而且不知在哪块石头上磨砺语锋，有时文字几乎达到一刀见血的程度（要是刀刀见血就过了）。他的随笔主要以文化视点谈论世道人心，或明或暗地透露出他的"思想力量"。如果必须对朱国成这一篇篇充满杂感的文化随笔加以概括，我不揣浅陋地认为，他"以思想的力量颠覆着习以为常的世界"。

谁言寸草心，报得三春晖。早看东南，晚看西北。人挪活，树挪死。好借好还，再借不难。……我罗列这一串我们习以为常的词语就是想说明我们生活在习以为常的世界里。我们以积习生活在常态里。似乎世界应当这样。似乎我们也应当这样。

说起习以为常，我们中国人几千年的积习即使急刹车，它的巨大惯性也会载着我们再冲出几百年。这就是习以为常的力量。况且国人根本没有必要刹车——因为如今修了那么多高速公路。

朱国成试图对这种"习以为常"发出诘问。比如《难民》这篇随笔里，他对"逼良为娼"这个习以为常的汉语词组施以当代解读，使我读出了应当改为"逼娼为良"的语义——因为当下"性工作者们"正在"不痛并且快乐着"。

比如《对孩子要有一颗感恩的心》这篇随笔里，国成以思想的利器颠覆着亘古以来"百善孝为先"的文化传统，以他自己磨坊里的碾子破碎着"儿女感恩父母"的习以为常的逻辑，断然提出"相互感恩"的非常态逻辑，表现了他独特的说理能力以及对人生的深度理解。这种对所谓文化传统的颠覆恰恰廓清了人性秩序，使我想起鲁迅先生杂文里"这个孩子会死的"的真话精神。

我不知道国成写不写小说，写不写诗歌，我大胆认为他的强项确实在文化随笔方面。时下中国的文化随笔宛若垂天之云，成就斐然阵容强大。然而，勇敢的思想与求实的精神仍然显得缺乏。尽管朱国成在《真话不等于是好话》这篇文章里颇具独识，但真话确实成为一件颇具难度的事情。

朱国成视野开阔兴趣颇广，他在关心自己的同时关心着国家乃至于国际大事。严格地说这不足以称道，因为做一个中国人理应如此。然而，如今许许多多人并非这样。因此，假使朱国成在他的文化随笔里误伤大人先生们乃至草民百姓，也是无可厚非的。

就这样，朱国成仍然在关心着我们这并不十分美好甚至有些糟糕的世界。从这个意义出发我对朱国成以及他的文章表示谢意。谢谢他在自己吃饱了不饿的时候还关心那一大堆我们习以为常的事物，而且并不单单为了自己消食开胃。

末了，我突然觉得朱国成的文章好似某种利刃，基本属于上飞机不让带的器物。那是什么器物呢？思来想去认为应当是剃须刀片儿。面对一尊尊蓬头垢面的大脑袋，朱国成满脸嘎笑地抄起剃须刀片儿轻声细语说，我先给您呐刮干净了露出真面目，这样以后大伙就认识您老人家啦。

推荐新款朱氏剃须刀——这就是鄙人的读后感，如果被弄成"序"，我也没有办法。就序吧。

好一个男人天堂

石钟山长篇新作《男人的天堂》，确是一个男人的世界，然而又不乏女人故事。从某种意义上讲男人加女人，便是世界了。因此我要说，石钟山虽然为自己的长篇新作冠以"男人"定语，其实还是"世界"，因为还有女人。女人在我们的生活中占有无比重要的地位。奶奶（小凤）、母亲（马团长的前妻）、大姨、姐姐、表姐、杜阿姨、胡丽、枣花，还有娟、眉……这一系列女人，使得男人雄壮，使得男人冷漠，使得男人充满争服欲，使得男人投身战争并且成为英雄，使得男人终生痛楚并且不能自拔，使得男人充满责任感又一生郁郁寡欢，阅读《男人的天堂》我越发认为，男人是女人塑造的——无论是好男人还是坏男人甚至不好不坏的男人，基本如此。

小说中爷爷这个人物的命运形成，无处不与女人相关，塑造爷爷命运的这个女人恰恰就是小凤，也就是后来的奶奶。在爷爷见到小凤之前，他只是东北财主家的一个长工而已，不值一提。自从他见到小凤，心里盛不下自己了，他要得到这位大少奶奶——小凤。这可能出于性欲，也可能出于爱情，还可能出于宿命，无论如何自从他心里有这个来自天津卫受过良好教育的漂亮女人，他便不是他了。他便开始被那个名叫小凤的女人塑造了，而且不可逆转。

爷爷是《男人的天堂》里辈分最高的男人。他以长工的卑微身份胆敢举起铁锨狠狠向周少爷砍去，其原始动力竟是"周少爷踢了我一脚一定让小凤看见了"。可以说这是一种自尊，也可以说这是一种自卑。无论自尊还是自卑，它均与原欲有关。原欲的力量，有时疾如风暴地改变了一个人，爷爷就是这样。当然，必须有小凤的存在。没有小凤的存在，爷爷的原欲很可能终生难以爆发。

爷爷一生做了很多事情，当长工，占山为王，打擂勇斗日本浪人，率领棒子队跟日本兵打仗，可谓风风光光轰轰烈烈。然后他老人家一生其实只做了一件事情，那就是占有小凤。到了垂暮之年他仍然没有得到小凤的心——这使人想起烂尾楼盘。一个男人一生只做了一件事情，而且还没有做好，这是多么不容易啊。

如今我们现实生活中的很多很多男人一生都做了很多很多事情，而且做得很好很好。譬如拿到原始股，譬如公司在海外成功上市，譬如自己儿子成为神童免试进了哈佛，如此光彩夺目，不一而足。然而这一切与"爷爷"的一生只做了一件事情而且还没有做好相比，统统黯然失色，统统不足挂齿，统统没有价值。这就是小说世界与现实生活的最大区别。这也是石钟山《男人的天堂》的成功之处。石钟山以前的小说我读的不多，但通过这次阅读我已然感受到一种淡淡的味道，这是一种深入的味道，也是一种深沉的味道。一个作家的写作，有时候真的与年龄有关。石钟山如今进入不惑之年，作家必然将他的"不惑"传达给读者的。这种传达，往往依靠意会而难以言传。

这就是"爷爷"这个人物的最大价值——石钟山以少少许胜多多许，以悲剧形象反衬着我们今天的以唯一价值论成败的社会生活。

其实，爷爷好像并不是男一号。石钟山赋予更多笔墨的人物是父亲。这是一个从小就对枪支有着特殊理解的人物。他小时候就知道有枪的人一定有钱，有枪的人一定有大米饭和炖猪肉吃。枪，是强者象征。于是有一天终于来了一个带枪的男人。

"他看到了有一把枪，插在来人的腰间。父亲突然想撒尿，父亲认识枪，他在老虎屯的赵家见到过挂在墙上的枪，那把枪把儿上也系了一块红绸布，红绸布很鲜艳，衬托得枪很旧。赵家有枪，赵家就有很多吃的，想吃什么就吃什么，父亲讨饭时经常路过赵家，他看到赵家的老小经常吃白米饭和猪肉，还有墙上那把枪。"

这时候爷爷坐在山坡雪地上，几乎痴呆地等待着离家出走的奶奶的归来。奶奶在年轻的时候曾经咬断爷爷半截小手指，这完全是一段孽缘。

这个带枪的男人（抗联自治军肖大队长）拿出一小块银子，让父亲做饭给他吃。那时候父亲只是一个小毛孩子，心中却已经有枪的情结，因此就在那带枪的男人吃饱睡足起身离去的时候，父亲说："我跟你走。"这一句话决定了父亲的一生。父亲又说："我要吃饭。"

你有枪——我跟你走——我要吃饭。这便是父亲的心理逻辑和心路历程。于是他跟在这个带枪的男人身后，走了。

枪，无疑是父亲以及《男人的天堂》的关键词。

枪，不啻是一颗种子，滋生于一个小男孩儿的心田。枪，成了他心仪久矣之物。日后，他无意之间潜在床上听到日本鬼子与妓女大行云雨，一个小毛孩子竟然敢于伸手偷枪并且由偷演变为抢并且杀死日本小队长，便是这样一条心路历程的延伸。他日后枪林弹雨成为除了打仗对什么都不感兴趣的战争机器，也就不令人感到意外了。

《男人的天堂》里的第三代男人，就是"我"了，"我"同时也是第一人称的叙述者。同是男人，"我"有别于父亲，更有别于爷爷，虽然出生于红旗飘飘的一九五九年，却经历了更为深重的人生风雨和坎坷，最终还是成为一名战士并且血洒中越战场。"我"在经历了与眉的恋爱之后与晔结合，使我在阅读中感受到石钟山沉甸甸的浪漫主义精神。这种沉甸甸的浪漫主义精神的来源叵可能出于反战思想。如果我的这种理解没有脱轨，那么这恰恰是《男人的天堂》最为精彩的结尾。"我"确实已经超越了父辈，构筑起了属于自己的新时代的《男人的天堂》。

女人是男人的一面镜子。我们通过这一面面镜子看到《男人的天堂》里的男人们，就不能不为女人们的命运所感动。

女性人物长廊里，首先是奶奶小凤，尽管这个人物生活年代距离读者最远，却越发不失鲜活。小凤可能是与这个粗鲁的男人世界反差最大的女性人物，同时也表达了坚定不移的"女人立场"，那就是永远爱着自己心爱的男人而痴心不改。石钟山描写小凤分娩的场景，可谓惊心动魄"满天红"，读后令人难忘。如此惊心动魄的分娩所生产的却不是爱情结晶，于是"父亲"便有了一种先声夺人的"前世"。这种前世使得父亲永远无法摆脱以"枪"为象征的宿命。这种宿命，则是小凤以母亲的名义留给儿子玉坤的终生纪念。

大姨呢？这位善良妇女的宿命是两个馒头。大姨夫是国民党兵，一九四八年长春被围困粮食极其短缺，于是宛若雪中送炭的两个馒头便结出了这桩姻缘。这够残酷了。石钟山就这样把这桩怪异的婚配塞给了读者，使我们进一步懂得了残酷二字的含义，也领教了石钟山关于人生残酷的表达能力。

石钟山在《男人的天堂》里所描写的女性，她们的恋爱和婚姻貌似平凡，就跟说家常话似的，其实没有一桩不令人震撼，充满奇异色彩。奶奶小凤的被掠生涯和大姨的馒头婚姻，自不待言了。譬如表姐（莉莉），譬如眉，譬如娟，譬如姐姐嫒朝，甚至就连母亲也是马团长的前妻，父亲出于一个战场承诺才娶她为妻的。就在《男人的天堂》里，这一个个女子以她们绝非寻常的婚恋故事，使得冰冷坚硬的男人世界有了几分温色，同时更增添了几分悲哀。

莉莉表姐，可以说是美的化身。然而这美的化身恰恰不断遭到男人们的袭击与伤害。在这里男人无疑代表着丑恶。大队书记吴广泰和他的傻儿子代表着男人世界的一角，这一角却毁灭了美的世界。在石钟山的《男人的天堂》中，女人完全处于从属或者被动地位。她们从来没有酿造悲剧，但她们却成为悲剧的承受者。表姐悲剧结局的非控诉性，更加引发读者的深思。

母亲应当是这部长篇小说女人画廊里的主要人物。令我颇感意外的是石钟山在构思习惯上的反常。这种反常当然出于智慧而不是愚蠢。众所周知，我们由于中国传统文化的血脉影响，描写母亲往往是以父亲原配身份出场，好像我们中国人特别在意原配。《男人的天堂》里的母亲则一反常规，这位纺织女工的第一次婚姻却成为马团长的妻子，而马团长在平岗山战役111高地失踪之后，父亲却充当了二手角色。母亲就这样被一句战场承诺而转嫁给父亲，好像从来没有人考虑过她本人的意愿。母亲就这样被转嫁了，就这样爱了父亲一辈子，却一生也没有得到什么爱情。因为父亲的人生大爱的是枪，女人是小爱。

娟的女儿眉，似乎与娟有着相近的命运。眉在小说中一定被很多读者认定是"我"将来的妻子，然而眉却嫁给了林。林是一个战斗英雄，后来成为心理变态者。眉的选择尽管代表着那个时代的价值观念，即美女嫁给英雄。好像美女嫁给英雄是天经地义的，也是幸福无比的。即使美女嫁给一个残疾了的英雄，那么这种牺牲也是无上崇高的。这种根本不能成立的价值观至今仍然残留在人们印象中挥之不去，恰恰因为它缺少那么一点点人性。最后，战斗英雄林的坠楼死亡并不意味着眉赢得了正常生活。眉已经不是眉了。这就是时光的魔力。

于是，女人在和平年代的牺牲，便远远超过男人在战争年代的献身。前者的牺牲好像无人察觉，后者的献身却广受表彰而永存史册了。

姐姐媛朝的美，并不比表姐莉莉逊色。这位很小便跟随父母在新疆石河子农场劳动的姑娘，几乎很难从她身上找到瑕疵。她的柔美，她的爱心，永远将一团火热留存在"我"心中。经过劫难的姐姐最终远嫁加拿大成了威尔太太。当年火热的姐姐已经冷却下来，说出这样一句充满理性的言语："父亲很可怜，他是战争的工具也是牺牲品。"理性使姐姐变得冰冷，甚至使读者觉得光阴流逝，从前的媛朝也不复存在了。失去的，永远失去了。

晔，其实是一个符号性人物，石钟山在一部长篇小说结尾之处突然推她出场，前面没有什么铺垫，似有唐突之感。然而，神来之笔往往是无法铺垫的，或者说铺垫了就不是神来之笔了。晔的出现我视为是石钟山灵魂的挣扎，尽管在此之前他本人可能也不清楚。如果我说晔象征着作家的某种理想，其实并不准确。晔的出现其使命显然是来收拾残局的。什么残局？男人世界的残局。男人们用了几十年时间将他们的世界弄得一塌糊涂。这个残局他们无法收拾，他们只能坐看夕阳。这个世界的残局只能由女人来收拾了。于是有了晔。

《男人的天堂》里，有着一系列男人，质朴而最终被越南地雷炸残手肢的表哥，从来没有履行男人壮举最终自杀的大姨夫，还有死于小凤之手的福财、大发，面对小凤裸体吓得望风而逃的余钱，被迫文身反动标语一生难以消除的马团长，死于新疆戈壁滩的刘大川、胡麻子以及小龙，几次反水的乌二……就在石钟山《男人的天堂》人物长廊里，我读到的男人命运，没有一个幸福的，没有一个圆满的，没有获得结局赢得归宿的。他们一生几乎都在艰苦卓绝的环境中生存着，最终死于非命。一次次的死亡，成为一个个男人的终结。似乎只有死亡才能够成为结局。他们也有爱的追求，不知是因为爱的缺失还是因为爱的无知，总而言之他们要么充满豪气地死去要么极其卑微地死去，完成自己的同时化为一块砖石，为《男人的天堂》奠基。就这样我们看到，天堂与地狱有时只有一步之距。

石钟山的这部长篇小说，以叙述为主，从容冷静，似乎不以喧哗取胜，给人以尽量低声说话的阅读印象，反而赢得了奇特的艺术效果。为什么石钟山选择这种讲述方式呢？我以为这与奇特二字有关。他的人物奇特情节故事奇特，因此反而选择这种不急不躁的叙述方式。是的，喊有时候往往不如说，当然你肚子里必须装着非常精彩的货色，否则是喊是说都没人听你的。

一部长篇小说，石钟山非常聪明地采取了以人物为散点的结构方式，从而赢得了写作的最大自由。他将时间随意撕开，就像我们随意撕吃一张大饼一样，然后从从容容讲述起来。

我认为，石钟山遵循现实主义手法写作，却不是单一化的追求。我从这部长篇小说里读出了浪漫主义的东西，也读出了白描手法，因此我以为他在追求和保护更为丰富的小说元素。小说元素的缺失，已经使得时下许多小说日趋干瘪了——活像一只空空的钱袋子。

无论石钟山自觉还是不自觉，他都是一个具有明显男性立场的作家。这一点是我必须强调的。就如同我说这是一把钢刀，但我必须强调它的刀刃过于锋利一样。刀刃过于锋利，有时刀锋就过于脆硬。过于脆硬了，可能不好。

骗人的玫瑰

　　从北京回到天津，我家便迁入新的居住小区，这很利于晓雨养病，同时颇有几分隐居的感觉。我的朋友并不很多，知道我迁居的人也就更少了，因此几乎无人登门造访。我于忐忑之中享受到几分安宁。经历过近乎灭顶之灾的际遇，你会懂得安宁生活价值万金的。

　　这天，门铃终于响了。我感到有些意外，急忙前去开门。

　　门外站着三个少女，一个手里拿着一个本子，做出随时准备记录的样子；一个怀里抱着一束紫色玫瑰，表情颇有几分局促；为首的一个朝我微微一笑，说是为地震灾区人民献爱心来了。

　　在此之前我知道张北地区发生了地震，也就大体猜出她们的来意。

　　为首的少女说为了向地震灾区献爱心，她们前来募捐，至于捐多捐少，全凭自愿。我随口问她们是哪个学校的学生。为首的少女随即报出校名，并掏出一个学生证给我看，好像是一个什么职业中专。这时候我发现，这三位少女都是红扑扑的脸色，显然是来自农村的考生，就从心里认为她们很有出息。

　　如今农村里的孩子们，很多人已经不念书了。

　　我捐了十元钱。那个手持本子的少女请我签上名字。我觉得捐十元人民币根本算不上什么善举，就摇了摇手说不签名了。为首的少女说代表灾区人民谢谢您云云，然后递给我一枝紫色玫瑰。我没有谢绝，就将这支瘦小的绢花接在手里。

三位少女上楼募捐去了。

大约过了一个小时，我和晓雨外出散步。走到一个僻静的地方，看到一群女孩子聚在一起，鬼鬼祟祟数着钞票，其中就有到我家募捐的那三个女孩儿。看到我们走来，她们神色紧张，立即避开了。

晓雨对我说，爸爸，咱们一定是上当啦。

我默然无语。

第二天，本埠一家颇有影响的晚报刊出消息，说有人自称为地震灾区募款进入示范小区行骗，望广大居民提高警惕。读罢这则迟来的消息，我又看到摆在桌上的那枝紫色的玫瑰。

真不知道应当如何对待这朵假花。

过了几天，我发现晓雨将这朵玫瑰与其他绢花一起，插在花瓶里。孩子并没有迁怒于花朵而表现出一种宽大的心理，尽管它是骗子的玫瑰。

孩子长大了，懂得了区分。身为人父我甚感欣慰。

最令我揪心的就是我捐出的那十元钱，我真想告诉那几个女孩子，千万不要用它去购买通往歧路的车票啊。

休闲日志

　　那天之后，我才想起去查一查《现代汉语词典》。对于一贯不求甚解的我来说，这属于罕见的求知行为。

　　什么叫休闲？厚似红砖的《现代汉语词典》板着面孔告诉我："（可耕地）闲着，一季或一年不种作物：休闲地。"

　　我们真是一个农业大国。准确地说我们真是一个农民大国。在如今都市一族脚踏休闲鞋身穿休闲装，漫步于休闲时光里，我们的"红砖"却依然用一块未事耕作的土地来解释"休闲"一词。这再一次印证了我们都是土地的子孙。但无论怎么说，当代休闲文化的出现，都该视为社会文明进步的反映。时至今日，劳动者不能总给人一种忙忙碌碌甚至气喘吁吁的印象吧？因此，我欢呼休闲时光的到来，它出现在我们并不轻松的生活之中，如春风拂面。

　　那一天，我正休闲着，电话铃响了。那铃声，听起来也充满了休闲的味道。果然，这电话是我的一位文学同行打来的。此公素以长期休闲而著名于本市。如果依照《现代汉语词典》的词义来解释，他应当被描绘为一块闲置多年的可耕地。

　　从电话里听到他的口气，我就知道今天不会是休闲日了。他一改往日那种隐者口吻，而是用一种令我也无法休闲下去的语调告诉我，他父母家的房檐，突然塌落了！

我头脑一热，立即挺身而出说："怎么办？要不，咱们现在就去修理房檐吧！"

多少有些出乎意料，对方愣了愣，说："你，能行？"

我说："你别看我如今光宗耀祖混了一个作家桂冠，我也是苦出身啊。"说完这话，我就有些后悔。与那些来自低层而如今身居高位的文学权贵相比，我身上的确还保持劳动人民的本色。可就体力而言，我又的确已经变"修"了。

对方显然没有察觉我已经后悔，就说："行，咱们一起去修理房檐吧！一会儿我去接你。"

放下电话，我立即进入战备状态。肚里有食，干活才有力气。走进厨房，我明明已经吃过早点了，又一连吃下四只烧饼，再喝下一碗"康师傅"。绝对饕餮。见自己能够达到这种饭量，我心头一热，又忆起当年的工厂生涯。于是，就觉得自己操持文学这行营生，有些误入歧途的味道。吃罢，想到一会儿自己将充当一名泥瓦匠，就未雨绸缪起来。我在厅里伸胳膊踢腿，扩胸弯腰，以期尽早进入状态。这时我对劳动充满了畏惧。休闲多美好啊。可转念一想，人家遇到难处，能够首先想到向我求援，说明我身上还有人味儿。如此思谋，又觉得有些光荣。我就站到阳台上，去享受这种光荣。

电话铃又响了。我迈着"加来义民"的步伐去接电话。我的那位文学同行对我说："我雇了三个专业瓦匠，明天动工。这样，就不用麻烦你了。"似乎是出于对我的义气的酬谢，他在电话里说马上就来找我，去一家有名的羊肉馆请我吃饭。我打着饱嗝谢绝着，但对方痴心不改。

我陪他坐在火锅之前面对一盘盘美好的羊肉，胃里那四只烧饼和一碗"康师傅"正在静坐示威。我不好意思说破此事，就虚与委蛇。

我们谈论着有关休闲的话题。这时，我懂了，休闲是一种时光，其实也是一种心态。

养花与种菜

　　我的历史上出现过三次养花的高潮。第一次是小学三年级的时候，上午在校上课，下午参加家庭学习小组，写作业。当时我在一位与我同姓的同学家里参加学习小组。记不得缘起，反正我迷上了养花。这真应了本埠那句俗话：秃小子爱花。据有关人士回忆，小时候的我是一个对事物非常痴迷的男孩儿。一旦喜欢上什么，就极其投入。一旦不喜欢了，随手抛开也属常情。始不乱终也弃——当是我性格的写照。记得我所侍养最为成功的两盆花，一盆是仙人球，一盆是黄瓜掌。前年我到小学同学杨君家中，他指着一盆黄瓜掌说："这就是当年从你花盆里繁衍出来的。"听了这话我不禁黯然。三十年一晃而逝，花木一代传了一代，我们已是不惑之年了。

　　我养花的第二个高潮出现在二十世纪八十年代初期，我已有了妻小。不知为什么旧态复萌，我从市场买回一盆"代代"，之后一发而不可收，相继养了茉莉、海棠、石榴、倒挂金钟、仙人指以及菊花，一大堆。虽然都是寻常花卉，我的心气儿却很高涨，颇有"相看两不厌"的享乐。这一次养花高潮的消退与一盆名叫"大黄"的扶桑有关。好不容易"大黄"开花了，那花姿煞是妩媚，令人心动。写了这么多年文章，我才明白为什么以花来形容女子。为了延长花期，我勤于浇水。一天清晨那朵黄灿灿的大花却一下脱落了。我的心情猛然变得晦暗。起初我怀疑有人将它碰掉了，就想破案。同院的养花高手一语将我点醒，说是水分过大所致。我恼羞成怒，暗骂自己是一个废物。

　　之后，我又因剪枝过狠使一株夜来香猝死。有人告诉我这盆夜来香是气死的。区区一株花草竟有如此气节，我一下觉得自己渺小起来。很快，我将那六盆"遗孤"全部送给别人，金盆洗手了。

　　第三次养花高潮是以全军覆没告终的。二十世纪九十年代第一个春天，我一时心血来潮在市场上先后买了十盆花卉，回家侍养。入秋的时候，即全部升入天国。至此，我才对自己有了一个正确估价：这些年来伺花侍草的，纯属瞎养。有勇无谋不谙花草性情，必然落得一个劳而无功的结局。这迟迟到来的自省意识，使我认识到自己于养花弄草上的无能，终于远离花卉而去。

　　然而绿色的诱人魅力，常常令我站在阳台发呆。我还能侍养什么花木呢？扪心自问，不禁汗颜。但还是想为绿化祖国献上一分力气。后来，一个偶然的机会，一粒朝天椒籽遗落废弃的花盆里，竟然发芽成势。起初我不识其为何物。待到成熟结果，方知朝天椒也！第二年开春，我就将厨房篮子里遗下的晾得干干的朝天椒籽搜出十几粒，种入盆土之中。然后浇水伺候，等待发芽。朝天椒这来自四川的植物，生性真是顽强。只要浇水，即可自行成长直抵深秋。终于迎来收获，我喜摘朝天椒于秋日清晨。手中掂量，总产当在半斤上下。我很是高兴，在阳台上欢呼一声，惊了邻人。当天晚上，我用自家收获的朝天椒炒了一盘肉丝。我咂了咂嘴对家人说："味道好极了。"

　　从此，我栽种朝天椒，经年不断。每年都要栽上七八株。秋收时节一株株朝天椒犹如火炬擎天，赏心悦目。我的小孩儿问我朝天椒属于什么花卉。我毫不犹豫答曰：经济作物。是啊，严格地说种朝天椒就是种菜。我如今已经成了一个袖珍菜农，只是产量太低难以上市罢了。我的阳台呢，因此也就成了"自留地"。从养花到种菜，我完成了人生的一次飞跃。

这个飞跃给我的启示是：一个人要做自己能做的事情。

穿着三十二年前的回力球鞋外出散步

以前，我每天游泳，身体各项指标基本正常。我多次跟文学同行们开玩笑，说这辈子写不到巴老那份上，也要活到他老人家那寿数吧。

今年元旦游泳馆关门装修，声称两个月完工。我估计此言不实，一拖肯定三四个月，便打算去别的游泳馆度过"旱季"，保持"水族"身份。

赶上忙于杂事，便拖过春节。一懒，就宅在家里。三月初 B 超查体，手持扫描仪的医生略显惊诧地说：脂肪肝，中度！我知道这是"宅"出来的毛病，也知道医生为何略感惊诧，因为我的体型不像患中度脂肪肝的人。

只好恢复锻炼了。游泳馆果然没有按时完工，我只得改为走路。依照民间健身法则，据说每天散步至少一小时，否则无效。我便选择了住家附近的堆山公园。堆山公园是俗称，因为这座土山人工堆土而起。

我每天沿着公园的外环路行走两圈。加上我的往返路程，大体五公里吧。走了几天，感觉挺低碳的。我认为必须拥有几双散步鞋，就翻箱倒柜寻找存货。我意外发现一双半旧的白色回力球鞋，沉睡在一只陈年盒子里。

绿色胶底，半圆形红色标签，正是当年风行全国的上海产回力球鞋，"文革"期间改名"前进"。那时青年人穿上这样的"白回力"乃是最大时尚。

我仔细打量这双人老珠黄的昔日名牌，发现它尘封多年，仍然显得很结实。我开始静心回忆，计算这双球鞋的年龄。

我被计算结果吓了一跳：它至少三十二岁了。也就是说早在三十二年前我已然将它穿得半旧，鞋底"回力"二字磨损不清。我不知道这么多年为什么没有把它扔掉，无意间雪藏至今。

是的。我最后一次穿着它上场打球是三十二年前。之后我离开工厂调入机关，再没打过球赛。去年在世博会参观篮球强国立陶宛馆，金发碧眼的展馆小姐见我身高将近一米九，便邀请我投篮说有奖品。我完全忘记三十二年没摸篮球，自以为是地接过篮球就投，于是投出一个"三不沾"，羞臊而去。

我穿好这双三十二年前的半旧回力球鞋，在房间里试着走了两圈儿，感觉很好。我的最大疑惑是：三十二年了它怎么还这么结实？甚至远比岁月结实。之后我渐渐明白，这些年我接触伪劣产品实在太多，因此对这双回力球鞋的寿命心存疑虑。对一双胶质球鞋来说，存放三十二年确实具有古董性质，何况是半旧状态。

于是，上网搜寻有关"回力球鞋"的信息，发现当下怀旧思潮汹涌澎湃，人们对这种象征激情燃烧岁月的名牌球鞋大加赞赏，甚至出现网购热卖。

受到这种怀旧思潮的鼓舞，我对这双"出土文物"般的回力球鞋倍感亲切，胜似失散多年的亲人。

一天下午，有风，也有太阳，我决定穿着这双三十二岁的白色回力球鞋去堆山公园走步。其实堆山公园正式名称"南翠屏公园"，取与蓟县翠屏山对称之意。人们还是叫它堆山公园，已经很难改嘴了。

当年的回力球鞋平底设计，与现今诸多名牌相比，它与地面更为亲近。我从车流滚滚的立交桥下走过，大步进入堆山公园。这时候我猛然意识到，脚下的回力球鞋三十二岁了，这说明我的确是拥有一把年纪的男人了。可是在师长们眼里，我可能尚属年轻，面对"八〇后"和"九〇后"，无疑我长了辈分。

然而，穿着这双三十二年前的球鞋，我似乎增加了弹性，一蹦一跳行走着，大有重返青春之势。

三十二年了，我经历了一次次人生挫折和命运打击，留下许多刻骨铭心的记忆，包括爱我的人和我爱的人。一瞬之间，我觉得愧对这双回力球鞋。它毕竟默默等待我三十二年，沉睡在昏暗的盒子里。如果不是游泳馆装修我改为散步，恐怕今生难以邂逅了。

从而我想到文学，尽管我不如当年那么热爱她，依然心存感恩。多年来正是真正的文学精神，母亲般帮助我闯过一道道有形与无形的难关，时刻鼓励我保持人生良知与生活信念，无怨无悔。

此时，脚下这双昔日名牌球鞋，也在无声地告诫我：人生道路漫长，不要消极不要气馁不要抑郁不要沉沦，迈开步子朝前行走就是了。尽管文学被社会严重边缘化，她还是没有停止行走，自身依然放射人性的光芒。于是，我被这双高龄的回力球鞋感动了，也为自己三十二年的路程反省着。

迎着夕阳，我驻足思忖，心中陡添感慨。这双昔日名牌球鞋毕竟等待我这么多年，此间它丧失了多少奔腾跳跃的大好时光啊。尽管人生在世便意味着不断丧失，我还是对它的命运不乏感慨。

黄昏时分。西边的大太阳无言地坠下。我朝回家方向走去。一个个陌生人与我擦肩而过，其实我也是他们途中一个陌生人。我穿着三十二年前的回力球鞋终于明白，太阳的方向，永远是人类的方向，无论升起还是落下。

鞋在，路就在。鞋与路互生。路在，就有前方。前方是路的等义语。即将落尽的大太阳不懈地挥洒着光辉，普照广大，温暖我心。

穿着三十二年前的回力球鞋外出散步，如乘信风，如逢故友，其幸大焉。

享受尴尬

自打做了文学这行营生，我从来不敢斗胆以作家自居。我习惯于称自己为作者。光阴似箭，这么多年过来了，我依然还在写作。很少去考虑自己究竟是属于"家"呢？还是属于"者"呢？当然，评定职称的时候还是希望晋级的。人总是难免怀有市俗的奢望。

关于这种心情其实与那年外出参加了一次笔会有关。返程路经南京，我与一位山东作家去会议主办单位设在这座大城市里的办事处领取火车票。走进办公室，我俩说明是来取票的。记得我当时表情，很是谦恭。

负责订票的先生伸出目光审视着我俩，突然问道："你们这么年轻就乘坐软卧呀，到底是什么级别？"此公说话南方口音，听起来非常尖刻。

与我同行的那位山东作家郑重答道："我是一级作家，享受正教授待遇。"说罢就要掏出工作证，自愿验明正身。对方只得默然。

我则缩在一旁，不敢言语。我怕人家一眼就看出我是一个赝品。就这样，我内心享受了一次尴尬的滋味。

从此我越发觉得作家这个字眼，是轻易动用不得的。

关于作家签名售书，我也大多是从报纸上读到的。譬如说某某某作家于某年某月某日在某处签名售书。之后，该作家就写一篇文章登在报纸上记叙此事。内容无外乎签名售书之时，购书者众已达到人满为患的地步。读了这些文章，我非常羡慕那些颇受读者拥戴的主流派旗帜作家。羡慕之余，就更加崇拜了。

但是，我从未做过签名售书的美梦。因为我知道，我若是怀有签名售书之梦想，显然是不自量力的。

可是有那么一天，签名售书的机会一下子就出现在我的面前。

这天黄昏时分，我接到一个电话。本市一所颇有名气的大学的学生会，要在校园里举办一次签名售书活动，结果选中了我。同时我也得知，之所以选中了我，并不是因为我写得好，而是由于文学院的推荐。人家文学院重点推荐，这所大学的学生会也就不便将我作为退货打回了。

我开始思想斗争。想一想自己所读过的那些关于作家签名售书的文章，没有一篇是记叙作家如何失败的。千篇一律都是大获全胜。常听人说文学的生命是真诚。那些大获全胜的作家，不会是写文章骗我吧？于是我就答应了那所大学的学生会干部的邀请。

学生会的干部对我说，肖老师，签名售书那天，您打算带多少册书去呢？

我鼓了鼓勇气，想说带五十册去。学生会干部说，您带二百册吧。听了这个数字，我一阵眩晕。

我认为这是一个天文数字。人，其实大多具有好大喜功的天性。尽管我对二百册这个数字很是怀疑，但还是照办了。

签名售书的前一天晚上，我坐在桌前手握钢笔练习写字。我已经改用电脑写作了，久不写字手法便显得十分生疏。正读初中的儿子见我练习写字觉得十分奇怪，就问我。我不好意思说这是签名售书的彩排。我就对儿子说，练习写字有益健康。

是的，文学的生命是真诚。

签名售书那天，我不好意思找作家协会要车。于是文学院派了一辆红色桑塔纳将那二百册书送到大学校园。看着这辆红车，我以为是吉兆。有广告词云：拥有桑塔纳，走遍天下都不怕。

那我就没得可怕了。难道还怕这二百册书被大学生们抢购一空不成？可是心里还是非常紧张的。

签名售书的现场设在一个高台儿上。这里地处要冲，是大学生们中午走向食堂的必经之路。我在此打坐，立即体验到守株待兔这句成语的意境。我的头顶之上，已然扯出一幅横标：《黑色部落》作者签名售书。这条标语深得吾心，称我为作者而不是作家。至今我也不清楚是不是因为这条会标没有"炒我"才使我处境不妙的。反正在开始签名售书的时候，我迟迟不能开张。大学生们将我的书摊围得密不透风，但就是没人掏钱来买。我只得故作镇定。

这种难堪的时刻，一秒长于百年。

看客之中还是有人道主义者的。一位中年男子一定是看我身处逆境，顿生恻隐之心，他打破僵局掏钱买了我的中篇小说集。我终于开张了。我在《黑色部落》的扉页上给他写道：写小说与读小说，其实都是在寻求生活的多种可能性。

他留给我一张名片。我看到他是一位从事陶瓷研究的博士。

在这位博士的带动下，大学生们开始买书了。我就一一为这些衣食父母们签名。中间一遇冷场，我就故作镇定。

电台的一位记者来现场采访我。她问我："如果没人买你的书，你是不是觉得很尴尬？"我想了想，说人生如果就是一个尴尬的过程，那么尴尬一时与尴尬一世又有什么区别呢？

记者同志走了。我的生意愈加冷清。这时我心里反省道："天啊，我宁可尴尬一世，也不愿意尴尬这一时啦。"但是有一点我敢保证，本人始终处于被围观的状态之中。只是购书者寡，经济效益不高罢了。

我带去的那二百册书，只卖出很少一部分。于是我有了表现豪爽的机会。大笔一挥开始签名送书。当然，是送给学生会那些可爱的学生干部们。之后我没有立即逃走，又到一间会议室里去与那些文学爱好者座谈。发言的时候，我仍在心中告诫自己，一定要洁身自好别在这里号称作家。我果然做到了这一点，心中一派清凉。

这就是我有生以来的首次签名售书活动纪实。我不知道今后还有没有这种场合，等待我去"练摊儿"。就在我大败而归的第二天，我的一个熟人给我打电话，说他的一个熟人目睹了我在大学校园里的尴尬处境，心里很是难过。听了这话，我就在电话里说了一声谢谢。除此之外，我还能说些什么呢？

真的，我充分享受了尴尬。

好在我还有勇气写这篇文章，好在我身上还保持着那种一贯的自嘲意识。这可能是本世纪末，我的最后一笔精神财富了。

读书与写信

　　小学三年级暑假。人们刚刚从"节粮度荒"的阴影里走出，依然面有菜色。记不清什么缘由，我从父亲手里得到一笔巨款：人民币一元。我因此而激动，第一次体验到"惶惶不可终日"的味道。

　　我在食品店的玻璃柜台前徘徊不已，最终还是咽着口水退了出来。我想起开业不久的"开明书店"，就怀里揣着"巨款"朝那间摆满书籍的临街大屋走去。

　　至今我还记得，开明书店出售新书，也卖旧书。然而所谓旧书其实不旧，价格却显得便宜。新书都立在架子里，旧书则摆在案子上，任意挑选。这是有生以来首次独立购书，我因此而显得踌躇。

　　都是好书。这就更令我拿不定主意。如果不是书店的打烊，我可能还要犹豫下去。我拿起《红旗谱》，这是必须要买的。之后又拿起赵树理的《灵泉洞》。售货员是一个有着天官赐福面孔的中年男子。他说，给一块钱吧。我毫不犹豫交出身上的"巨款"，仿佛捧着两位作家的灵魂跑回家去。平时脾气暴躁的父亲见我花钱买书，就笑了笑。这个笑容对我来说，具有人生意义。从此，我开始了少年时代的阅读。

　　至今我还记得，《灵泉洞》里的一个情节，好像是主人公金虎失足掉进一只洞里，不但无人知晓而且双腿受伤。他就采吃一种野果度日。多日之后不但没有饿死而且生还了。原来他吃的野果正是一种医治骨伤的中草药。主人公的逢凶化吉，令我欢喜不已。

通过读书，渐渐我懂得了什么叫作理想，并时时为拥有这种理想而激动不已。后来，我又读了《钢铁是怎样炼成的》和《红岩》，对英雄的向往，成了我少年时代的主题。是啊，书籍是人类进步的阶梯。读书，令你觉得太阳很好，也令你感到空气清新；读书，使你认识自己，也使你认识世界；读书的字里行间，好似一条条大路，鼓励你朝前走去，不仅仅是为了自己。这种时刻所产生的阅读激动，乃是最为美好的情感——因为它超越了功利。

记得那次外出住在宾馆。忽听窗外传来阵阵声响。站在阳台远远望去，不见其人只闻其声——正是一首宋词。这琅琅书声，衬得远天更蓝，近树更绿，令人心情为之一振。于是我想起儿时读到的那句名言："看书吧，爱书吧。"

至于我人生第一次写信，是在和平区鞍山道小学读一年级。我期末考试成绩很好。于是我在妈妈授意之下给远在新疆博尔塔拉蒙古自治州工作的爸爸写了一封信。那信的内容我如今已然忘记，大约是告诉他我期末考试成绩优秀并且希望他多寄一些钱回来。这是我识字以来所写的第一封信，也是至今写给父亲唯一的信。我记得信封也是我亲笔写的，那幼稚的笔体写出"肖俊岳大人收"的时候，我想哭。因为，父亲在我四岁时就去了大西北，我根本不记得他长什么模样。于是，这几乎就是一封写给陌生人的信。

后来，我成为一个很爱写信的人。我想这一定与我八岁那年写给父亲的那封信有关。我年轻的时候给同学啊朋友啊写过很多信，我一朋友至今仍然保留着我们在二十世纪七八十年代的通信。他在电话里给我读了两封，我被当年的自己感动了。

请看吧，如今饱含怀旧情绪而风行一时的"老照片"恰恰记载着你当年的形象，而昔日的书信则记载着你的心路历程——这才是你心灵的写照。我以为这正是人类书信的价值所在。当年鲁迅先生与许广平女士的通信，编辑出版书名《两地书》。西汉司马迁惨遭宫刑之后写给旧友任安的《报任少卿书》无疑也是直抒胸臆的千古名篇。是啊，书信是我们敞开的心扉，更是我们袒露的心灵。

如今，我们进入 e 时代。手机、短信、电子邮件甚至可视电话，使地球变小，小得不过只是一座村庄而已。高速发达的声讯设备使得人类愈来愈善于说话，网络时代使得人类几乎完全告别了钢笔。当然，这是时代的进步。这种进步是你根本无法抗拒的。

记得是去年的一天，我在邮局门前遇到一个熟人。我告诉他我来邮局发一封信。这位朋友非常惊异地看着我说，这都什么时代了你还写信啊？发个伊妹儿不就得了嘛。

是啊，伊妹儿那东西，真好。可我有时候还是偏爱于写信，偏爱于读朋友的书信。我有两位至今仍然以毛笔和宣纸写信的朋友，一是湖南作家聂鑫森，一是湖北作家胡世全。我读他们的来信，几乎是一种难得的享受。这种享受又恰恰是那位姓伊的妹妹难以给予的。有时我想，我可能已经成为一个落伍的保守主义者。

无论怎么说，我还是喜欢阅读朋友的各种来信。其中不乏伊妹儿和手机短信。前几天的一个夜晚我住在武汉东湖宾馆，我从手机里读到邓一光发来的一则短信，其实一光的视力已经很弱了。他在短信里跟我说，克凡明天我不能去机场送你，一路平安吧。

虽然是一则短信，我如同看到一光真诚的面孔。后来，我又收到刘醒龙发来的短信，也是如此。是啊，无论书信的方式随着科技进步而发生什么变化，我们的友谊长存。这才应当是书信的真正内涵。

真　海

　　有朋友自祖国大西北来，当然要去看一看大海。我所居住的这座城市的大海，属于北方。我曾经这样描写海滩："南方的海滩盛产阳光和美人儿。北方则不同。北方的滨海滩涂竟是一望无际的黑色胶泥。走出十里以外，还是不见海水。这时你会怀疑大海的存在。无论你是否善于行走，脚下的黑色胶泥，都爽爽而富于弹性，走在上面立即显出生命的勃发。潮起潮落，冲刷不尽绵绵百里淤积的黑色。黑色无言，诉说着大海那不容歪曲的历史。"

　　我就将这种感受讲给大西北的朋友听。他们越发向往大海。于是我们就去了。在此之前报载：本市海滨发现一道长达数里的沙滩，酷似北戴河。有关单位已斥资兴建海水浴场云云。这次陪朋友驱车前往，果然有这样一个所在。

　　我们就下海游泳。关于我的海泳经历，最南端到过澳大利亚的悉尼，然后是马来西亚的槟城。南方大海给人的印象是轻盈明澈，海水的苦涩却是相同的。北方的滨海，则是青岛、烟台以及大连，海岸多峭，风格很是硬朗。我以为自己对大海还是颇有几分了解的。然而来自大西北的朋友虽然年轻，却拥有黄河搏浪的经历，水性甚好。他下水之后游出几百米，然后站在水里突然问我："这是真海？"

　　真海？我一时不知如何回答他的提问。

"这是真海？"朋友的发问引起我的留意。细心观察，我猛然发现远方矗着一道水泥堤坝，悄然将小小海湾包围起来，形成一片无风无浪的水域。在由这道堤坝围拢封闭的海水浴场里，浪波不兴，水面如镜，一派太平盛世的样子。人在这样的水域里游泳，既安全又惬意，真正是休闲者天堂。就是在这片水域里，大海那激情澎湃的性格，已经被钢筋水泥悄然消解，只剩下万般柔情，荡起令人陶醉的片片涟漪。此时，人与海水相拥，越发感到大自然的乖巧。

　　是啊，这里虽然赢得了海滨浴场的名声，但毕竟成为一片被人类所饲养的小海了。

　　我感慨来自大西北的朋友问得一针见血。看他游远了，朝着水泥堤坝的方向。我追上去，感觉已经游到天边。他勇敢地攀上那道水泥堤坝，发出兴奋的呼喊。我紧紧跟随着，攀上堤坝。

　　啊！登上堤坝，海风一下子强劲起来，考验着男子汉的肌肉和胆量。放眼堤坝之外，那才是那个真正的大海啊。海风呼啸，发出男子汉的大吼。海水滔天，浊浪拍空，一派泥色，野性十足。我和来自大西北的朋友一起冲进这真正的大海，奋力朝前游去。

　　顿时，我们置身真正的大海之中，迎着浪头游去。这是真正的大海，一个个浪头朝着我们打来，粗鲁而强硬。

　　我们在混浊的海水里游出十几米，便被风浪打了回来。我承认我们冒着这样的风险顶着这样的风浪是游不远的，只好甘拜下风。来自大西北的朋友似乎怀着同样心情说，败，也要败给真正的大海啊。

　　回到水泥堤坝围拢的水域里，立即风平浪静，好像世界上根本不存在什么风浪。我知道这海水浴场是旅游景点，绝大多数游客需要平静的大海。体验真正的大自然风光有时是要冒风险的。譬如水泥堤坝之外的风浪，就不是人人愿意面对的。发展旅游事业，建筑一道水泥堤坝模拟出一个平静平安平庸的大海，符合大众消费心理。

我不反对围海建造的海滨浴场。由于它给人们的生活送来了沙滩和阳光，我甚至举双手拥护。由此我想到生活之中的诸种现象。你若想活得真实，首先要勇于寻找真实。这是很难做到的。譬如迎着风浪拼尽体力游向天边，并不是人人都能都愿做到的。因此我们还是应当允许别人享受假山假海。因为，有时候假的总比没有要好啊。

看来游山玩水也感悟出几分人生道理。这是新时代的山海经。

被动的"初恋"

人生在世，回首往事，往往数不胜数，然而唯独青春期往事，最为令人难忘。青春期里的少男少女，极富活力，同时最易伤感。我以为人生最简单也最复杂的阶段就是青春期，尤其对男孩子而言。我在青春期里最为难忘的往事，则是那段"被动的初恋"。

我属于七〇届初中生，那时候男生女生之间，形同壁垒，绝无往来，禁欲思想极其严重。我的中学时代跟女同学几乎毫无接触。只是编排黑板报时，跟吴燕红说过几句话，好像还谈到世界文学名著什么的。那时候我十四五岁，对此毫无介意。

一九七〇年八月，突然选调一批学生充实厂矿企业，比例是百分之四十八。那时候的"政审"非常严格，我落选了。吴燕红则进入"百分之四十八"被选调到一家大型国营企业，十分光荣地成为工人阶级的一员。

我们落选者被学校送到一家橡胶厂，参加"学工劳工"。同为学生，吴燕红们进入工厂光荣地成为工人阶级，我们却只是"学工劳动"的资格，这就是特殊时代造成的等级观念。我在橡胶厂硫化车间劳动，汗流浃背，内心非常自卑。一天，工宣队的杨师傅突然给我们开会，挖苦我们是"剩余物资"，我愈加自卑，认为自己活着毫无价值。我就是从那时开始偷偷写作的，当然只是抒发内心深处的郁闷而已。

一天，工宣队的杨师傅找我谈话，主要内容是要我深挖资产阶级淫乐思想。我一头雾水，只得俯首聆听教诲，心中却一派茫然。

几天之后，我在硫化车间劳动，突然来了几个女学生模样的人，站在远处议论着，伸来异样的目光注视着我。当天，我身边的人们便指着我的背影，开始私下议论，说我资产阶级思想严重，小小年纪就跟吴燕红恋爱。我蒙了。

于是，无论我走到哪里，人们总是指指点点，悄悄议论着。我怎么会跟吴燕红谈恋爱呢？这真是不可思议。那段时间，我懂得了什么叫度日如年。一位好心的同学跑来，悄悄将底细告诉了我。

原来，吴燕红分配到一家大型国营企业之后，蓦然发现对我怀有强烈的爱慕之情，于是她隔几天就给我写一封信，但是没有勇气发出，就存放在书包里。有一天，吴燕红写给我的十几封信，被她的女同事发现，交给了领导。为此，"小资产阶级情调"的吴燕红被分配到"白灰窑"从事艰苦劳动。

听罢这故事，我惊呆了。我与吴燕红同学两年，她的形象在我内心渐渐清晰起来。这时候我终于意识到自己心里对吴燕红其实是怀有"爱意"的，只是由于置身禁欲时代，蒙蒙眬眬的我，没有勇气正视自己的内心世界罢了。就这样，我的内心深处的"初恋"被唤醒了。

然而，我仍然缺乏勇气。三个月之后，我也被分配到一家大型国营企业工作，而且距离吴燕红的工厂不远。有那么一段时光，我心里企盼着能够在上班路上遇到她。这种心理日趋强烈。但是我没有勇气去找她，因为我那时是一个自卑并且怯懦的男孩子。

两年后我十八岁了。有一天在一家商场里猛然看到吴燕红的背影，她好像是在挑选一件毛衣。我转身就逃，跑得气喘吁吁。多年后我问自己，当时你为什么看到她的背影便转身就跑呢？

我不知道。可能这就是我的被动的"初恋"吧。多年之后我在一篇题为《人生的被动》的文章里谈到人生的被动状态。我认为成长于特殊时代的我，在其短暂而漫长的青春年代里，完全可以用"被动"二字来概括自己的经历。这就是我的被动的青春往事。人生的被动，使我越发怀念自己的青春时光。

很多年以后，我收到吴燕红的一封来信，她说她是读了我发表在报纸上的文章之后，想起给我写这封信的。不知道为什么，她的来信是用铅笔写的，给人以十分随意的感觉。我给她回了一封信，对她百忙之中阅读我的文章表示谢意。是的，往事如烟啊。

青春往事如烟。无论如何，我的青春时代的那次被我称为被动的"初恋"，永远是我记忆银行里的一笔黄金。因为，它毕竟代表着青春与真情。它毕竟代表着禁欲时代的青春的无声呐喊。

是的，青春往事如烟。

书　桌

　　我曾强烈地希望拥有一张属于自己的书桌——写字台。从小学念拼音写字母的时候我就怀有这种强烈的愿望。那时候，放学之后我写作业，是趴在一只低矮的小饭桌上的。城市家庭几乎都有一只这样或那样的小饭桌。

　　我念初小的时候是个好学生——戴过"三道杠"；念高小时便没了"杠"，我清楚记得在失去"杠"的近一年时间里我是如何度过的。但是我越发向往那只并不存在的书桌。当时我可能认为厄运的到来与我没有书桌有关。

　　其实我还缺少许许多多东西，譬如亲情，譬如爱。于是我便将缺少的一切化作了一张书桌。书桌成为我心中希冀的象征物。至今我也说不清楚自己究竟喜欢什么样式的书桌。我喜欢"不清楚"。"不清楚"有时是一股动力。清楚了，动力反而没了。

　　读初中的时候家里不但没有书桌，连写字的空间也愈加狭窄了：我与祖母住在一间九平方米的小房子里，相依为命。

　　我们睡在一张由两只条凳三块木板搭成的床上。床就是"桌"，我生活的主要内容都在这一平面上展现开来。我趴在床上看书，首先是《水浒传》迷住了我。我当时能一口气背出一百单八将的绰号和姓名。后来只记下那十几位"在前排就座的有……"我的官本位意识看来由来已久，这已很难克服了。

那一张床成了我的"书桌"。夏夜里，我点燃蜡烛，一手用蒲扇挡住光线免得照醒了祖母，她不让我读书；冬天里，我躺在床上头枕着书籍做我的"白日梦"；有一段时光我已将床当作书桌了，这大概是我对现实生活的一种认同吧？如今我的性格可能与那段时光有关——我丧失了空间感。

我在床上写过诗编过剧鼓捣过歌词，也曾想写情书而苦于没有收信人而罢笔。后来念工科大学的时候，我在床上演算过无数道数学、力学、电学、机械学习题……

祖母去世的时候我拆了"书桌"，用那三块木板停放她的尸体。我曾经在这三块木板上写出了我的第一部中篇小说。当时我在工厂当技术员去哈尔滨出差，稿子当然就堆放在"书桌"角落里。我从东北回来，发现七万字只剩下一万字了，那六万字已成了她每天点炉子的引火柴。她老人家不知床是我的书桌，当然就不知道"书桌"上堆放的是一部"巨著手稿"了。我的处女作就这样被草草火化了。

后来我有经济能力购置一张书桌了，无奈那九平方米的小屋里陡然增加了我的妻子和孩子。孩子像一个巨大的惊叹号占领了昔日的床。我就埋头在那只木箱上爬格子了。这只木箱是妻子唯一的陪嫁物。我每晚都侧身将两条腿伸入床下，在妻子陪嫁的木箱上练习写作——编造着人物的命运。

后来，我搬出了那间九平方米的小屋，终于买了一张书桌。购买书桌那天是朋友蹬着三轮车陪我去商场买的，花了五十元钱。那一天我很激动，迎亲似的引它入室，摆在拥挤的房间里。

深夜我坐在书桌前，写。不知什么时候，我发现书桌渐渐变大，向地平线延伸，引出无比广阔的空间来。这时我才悟出，多年来所期待的并不是这张书桌，抑或说多年来我所期待的根本就不是一张书桌而是书桌的故事。

　　所以至今我仍然不承认我已拥有一张书桌。不可停顿的是每天夜晚我都伏身于其上，继续写作。

　　如今，我已经使用电脑写作了。而且有了很大的房子。然而我仍然使用着二十年前花五十元钱购买的书桌。我亲手将它从栗色刷成奶白色。我可能是个注重感情的人，不愿轻易放弃故友。即使一张没有生命的书桌，我仍然视为亲人。我视它为亲人，它就有了生命，成为一张懂事的书桌。

　　倘若有一天我更换了书桌，彼书桌也只能视为此书桌的替身。我永远拥有的是这一张"书桌"。

旅中杂记

旅　　伴

我不愿意提及那家宾馆的芳名是怕坏了它的生意。公允地说这家位于九江市郊的宾馆还是蛮不错的，尤其是房间客厅里为旅人备下的那一竹筒绿茶，令人难忘。我于归途中江轮上发现与我同行的上司提包里的茶叶盒中装满了这种茶叶，才知道他比我更热爱这种东西——趁退房之机下手纳为己有。

那家宾馆房间很讲究：大客厅里铺着墨绿色地毯，卫生间每日更换一应用品，空调机使人忘记了伏天溽热；除了软床另备有竹床；除了沙发另备有竹椅……可谓无微不至。我得意，就做高等华人状，抱怨餐厅离居室太远——吃饱饭踱回房间就又饿了。江南的水，化食甚速。

我陪上司来参加一个重要的全国性会议。会议重要得使我全然忘记了白天遇到过什么干扰，印象颇深的却是入夜。我在夜间最清醒。

房间很大，我的床临近空调机，全是深秋的感觉。我上司的床离我很远，处于春境之中。凡与上司出差我都见困难就上见方便就

169

让，换来一个太太平平的处境。

房间里有响动：玻璃茶几一颤一颤的，像是有什么东西在走动。

我问："什么东西？"其实我是自问。

上司没搭理我。他可能已梦入家园。

天大亮，我们起床去吃早饭。我又问上司，他茫然。看来他在夜里是个比较麻木的人。

总是要有夜晚的。我在那个据说当年周瑜操练水军的湖里游了泳，回到房间洗了澡就上床酝酿做一个美梦。

失眠。与我成鲜明对照的是上司如雷的鼾声。我当然不敢提出抗议来，任声波蹂躏。

又有了另一种响动——震得茶几一颤一颤的，时起时伏。我终于想弄个明白了。

趁着上司熟睡我便无须向他请示了，就伸手捻亮床头台灯，屋中的景物就凝固了一个瞬间。

七八只动物，小猫一样大小，不紧不慢走动着，渐渐远我而去，钻入客厅。硕鼠！

这些小动物们浑身皮毛油亮，很健康的样子，走动起来显出几分不甚灵活的拙态，近乎从容。就在我捻亮台灯的一霎时，一只硕鼠居然抬头与我对视。这是有生以来我与人类之外的眸子的唯一目光相遇。我被那目光彻底打败了。

几天来我们始终与硕鼠们共屋而居。

这个发现令我久久不能平静：从来没有见过如此雄赳赳气昂昂的大鼠。

清晨，我见上司已从美梦中归来，就报告了夜间发生的事情。

他极镇定："看看咬坏了咱们的东西没有？"

我遵命，首先去看放在床下的那只手提包。我出差有一个坏习惯——总是将提包放在床下。

床下墨绿色的地毯上摆着我那只十分普通的黑色人造革手提包，就是工人们上下班常用的那种大众化样式的，如今已少见了。

手提包没出什么大问题，只是侧面拉锁下边被咬出了一个窟窿，硕鼠的齿痕十分真实地留在上边，说明着它的锐利。

侧面拉锁里装着一千元差旅费和粮票。

我十分惊慌地打开拉锁。天！老鼠的齿痕已经咬到了人民币的边缘，处于似啮非啮之间。如果硕鼠多一次错动牙齿，那一沓人民币便开始遭难了。多亏我当时捻亮了台灯。

我向上司汇报："没出大问题。"

我再一次描述那些鼠的巨大。

上司说："你去买一个新手提包吧。"

又是夜晚，我早早上床等着鼠们的到来。我的上司开始"坚壁清野"，将他所有的用品都转移到床上，一起安眠。

我耐心等着。不知何时我睡着了，天亮之后才醒，也不知夜间硕鼠们是否来了。

至今我也说不清楚。我猜想是来了，因为它们本来就同我们住在同一宾馆或同一房间。

我在街上找了个南方口音的皮匠，补好了手提包侧面的那个窟窿，耗资三角。

皮匠问我窟窿之来历，我说妙不可言。

如今新潮迭起，我依然提着那只手提包登堂入室奔走于社会上，谋着生，一点儿虚荣心都没有了。我早已离开那位上司了，却忘不了那一次的旅伴——硕鼠。今安在哉？

住了半宿招待所

那时我在工厂当技术员，一年总要有几次外出。年轻，虽已婚却号称"准光棍"。我妻子在外地工作——石油部的一家工厂，坐落在华北平原的青纱帐中，在公路上远远望它，总觉得它比我还要孤独。

这一次外出是与我单位的一位材料员同行，去河北省的一个县和一个市，了解器材与设备情况。这位材料员本来是个工人，因头脑机敏口才出众才成为材料员的。我与他同行，一路上很是愉快。

我们到达了那个县，已是晚上八点多钟。正是隆冬，我俩在雪地上走，他兴致高涨。

我问他住什么地方。他说先吃饱了再说，就进了一家临街的简易小饭铺。先迎上来老板娘，笑得似一朵菊花："上炕上炕。"

我被这邀请上炕的声音吓了一跳，以为遇见了操持贱业的下处。抬眼向深处望去，就笑了。果然，屋内是一条大炕，很长。炕上，一拉溜摆着几个小炕桌，有人正在吃喝。我的同伴是个出差的老手，已脱鞋盘腿坐在炕上，说吃饱了不想家，小肖你快脱鞋呀。

盘腿坐在小桌前，喝着一种叫"半亩泉"的白酒，屁股就热乎起来，顿生归家之感。

不知为什么这顿饭我吃得并不欢畅。

住在城关一家旅馆里。四个床位的房间我俩包了下来。清晨，他躺在被窝里高叫"服务员快来续煤呀"，果然就来了一个小伙子往炉子里添了一块蜂窝煤。等炉火旺了，他才起床。

他说这家旅馆是县城里最好的旅馆。

之后他又说："今天抓紧办事情，下午咱们就奔徐水，怎么样？"

我问去徐水干什么呀，又没有任务。

他说去看看你老婆，这叫公私兼顾，你真傻。

我一下子就认定这材料员是个好人。

就去了。我们是傍晚下的火车，离我妻子的工厂还有二十多里。吉人自有天相，我们搭上了一辆卡车，到了工厂大门口。

我们就直奔单身宿舍楼。我的出现，使妻子惊喜万分。她忙忙乎乎为我们操持着晚饭。

妻子住单身宿舍，同屋是一位年轻的姑娘，据说是个干部子弟。

我们刚刚吃罢晚饭，那姑娘就从别处回来了，与我们简单打了个招呼，就做出要歇息的样子——明天还要抓革命促生产。

我知趣站起："咱们去住厂招待所吧。"

妻子说："是啊是啊是啊。"

她领着我俩走出楼道。我的旅伴说："是让你来团聚的，去住什么厂招待所?"

我说可惜没有团聚的条件呀，单身宿舍里那位姑娘怎么办?

这家工厂的招待所很特别，由一中年女人主持，她却无论黑夜白天都在家里办公，是客人太少的缘故吧，反正她不在岗似成法定。

我们十分曲折地找到那位中年女人的家，主人已经睡下。我妻子隔着门说："有两个人要住招待所，劳您起床吧。"

主人似乎已经适应了这种时常有人夜半叫门的生活，很快出了门，十分曲折地领我们去了招待所：只有那么两三间房子，全空着。

她打开一间："睡吧。"就打算扬长而去。

我问："什么时候交住宿费?"

她想了想，说："算了吧。走时别忘了碰上锁就行。"果然便扬长而去了。

妻子将我们安顿妥当，颇含深情地看了我一眼，也扬长而去了。

我的旅伴躺到床上，说："不收住宿费的招待所，少有少有！她八成是嫌收钱呀开票呀怪麻烦的，就发扬了一次共产主义风格。"

我很快就钻进被窝，准备着失眠。

我们的材料员起身出去了。

我从暖瓶中倒了一杯水，凭水温我断定这开水是一个月以前为客人备下的，超前的好客。

这真是个"朴实"且"潇洒"的招待所。一切缺欠都被"不收住宿费"给抵消了。

不知过了多久，我的旅伴回来了。进门他就嚷嚷："起床起床起床！"

我说："你这是半夜鸡叫呀？"

他说："起床——找你媳妇睡去吧！"

我当然不敢贸然前去——因为同屋另有一位姑娘。就向这位材料员问个周详。

他说："你去就是啦！保证只有你媳妇一人。"

我就离开这只住了半宿的招待所，曲折地在黑夜中走着，找我媳妇去了。

果然屋中只有妻子一人，正冲我笑。

原来她和同屋的那位姑娘正要休息，我们的材料员就敲门进来聊天儿了。他聊兴大发，像是发了洪水，全然不顾姑娘连环式的哈欠。

终于，那姑娘抱起被子说："我去别屋睡了。"

那姑娘走后，我们的材料员哈哈大笑："我赢啦。"

于是我也就只住了半宿招待所。

第二天我去招待所给他送早饭，这老兄正躺在被窝里哼哼京剧呢，还是一段青衣。

他说："这招待所虽然不收住宿费，下次我也不来了，这一夜我屁股都冻了！"

我说："你是个伟大的人道主义者。"他说："评价过高，我吃五谷杂粮呗。"

喝粥小记

午餐结束之后，好客的主人大声宣布："晚饭啊，咱们去喝粥！"这不啻一个福音，当场引起一阵不大不小的欢呼。这欢呼分明发自肺腑——处于社会转型时期人们对朴素生活的向往，晚餐不可过于油腻。

历来不登大雅之堂的粥，如今也成为美食。来自京津两地的文人们开始了午后的期待。

"你知道晚餐去什么地方喝粥吗？"

"破烂市粥棚。就是李玉和跟磨刀人接头的地方。"

终于，喝粥的时间到了。我们出发，在河北文联同志的率领之下来到河北宾馆。这是一座三星级的酒店。我们立即感到情况异常：喝这里的粥，必须拥有三星级的嘴。于是，调侃之声戛然而止，我们都郑重了脸色，随着主人走进了二楼的金燕都餐厅。

大厅宽敞明亮——这肯定不是李玉和与磨刀人接头的粥棚。主人告诉我们："这粥，是自助餐形式的。请随意吧。"

这时，我看到一张长长的条案上摆着一只只不锈钢锅。有人火眼金睛，认出那就是粥："一共有十九种！"

主人颇含歉意说道："以前呢总共有四十种。真是喝不完啊。"

既然是自助餐，人们也就各自为战了，立即动手抄起餐具。这时我看到，除了这十九种粥，条案上还摆着各式各样的甜点与凉菜。但是，人们的目光统统集中在粥上。

"皮蛋粥、人参粥、桂圆粥、肉丝粥……"我将粥的阵容浏览一番，做到心中有数。有人小声告诫道："诸位不要被喜悦冲昏头脑。当务之急是找到厕所的准确位置，了却后顾之忧。"

何申是一位充满社会责任感的作家，他身先士卒跑去实践。此时已经有人急功近利，开始喝粥。片刻何申跑回来发布安民告示："万万不可大意。这里是一座三星级厕所，每次小费至少一元……"

喝粥是必然要去厕所的。看来伏兵都隐藏在后边呢。

这丝毫也没有影响我们喝粥的斗志。"我们是来喝粥的，坚决不去洗手间。"这几乎成了我们共同的心声。似乎大家已经达成共识，仿佛谁若去了洗手间，就不是好汉了。眨眼之间，谈歌已经啖了五碗。不知是谁大发感慨："谈歌，人才啊。"引起哄堂大笑。

我知道面对燕赵豪杰不能等闲视之，就盛了一碗八宝粥，回到座位上去喝。几口就喝光了，我又去盛了一碗紫米粥。这时，我发现如此一来一往，既劳神又费力。于是很想尽快找到一种高效低耗的喝粥方式。

参加我们笔会的一位先生果然不同凡响，他端着一只小碗在一只只粥锅近前徘徊。这种粥盛上半碗，驻足啖尽；然后那种粥又盛上半碗，闭目咂之。如此这般，就免去了腿脚之苦。榜样的力量是无穷的。我立即效法，站在案前不动，连喝五种粥。一时间，我就发觉自己的腰带变得短了。那十九种粥，我仅仅喝了九种。看来只能择优录取了。

有人告诉我："排骨粥不好，可以不喝。"

又有人告诉我："状元粥其实就是红高粱粥。"

我说："是啊，小米粥远远没有我熬的好喝。"

我就避虚就实继续喝下去。其实喝粥的过程就是增长知识的过程。我抱怨山药粥里没有山药却全是山芋。李子干先生随即指点："山药与山芋一字之差，何必如此计较呢。"听罢我恍然大悟，抱怨情绪顿消。于是又喝了一碗莲子粥。

　　高潮迭起。为了促进消化，同伴们纷纷离座，在大厅里走来走去，动作显得有些迟钝。是啊，喝粥成了一件辛苦的事情。适可而止吧，大家知道这是应当收场的时候了。我们挺胸腆肚离开大厅，人人都是坚贞不屈的样子。而那粥的味道究竟如何，我也说不清楚。

　　"有没有人中途去了厕所？"

　　"没有！"这异口同声的回答，使这一支喝粥的队伍显得坚如磐石。

　　粥宴结束行走在大街上，我想起洗手间在很远的地方。

双 城 记

那是多年前的事情。秋天我到北京访友，心里知道首都是个日新月异的地方，一天一个新观念。走出北京火车站，我去打车。那时候是那种黄色大发，京片子叫"黄面"。一辆接一辆的"黄面"从我面前驶过。我伸手，司机们的表情都像秦俑，几千年没眨过眼。我则成了一块没人理睬的石头。那种国人特有的"消费自卑心理"立即笼罩在我的心头。用一句土话来说：我怯了。

于是，打的似乎成了一件错事。我求援似的站在路旁，落水者般扬着手。十分钟过去了，还是拦不下一辆面的。我开始着急了。即使拒载，你也应当问一问我去什么地方吧？怎么一辆接一辆的面的统统不理睬我呢？

又驶来一辆面的。扬起手大步迎上去，我的样子肯定像个劫匪。面的稍一减速，我拉开车门就钻了进去。司机是个留着黑胡子的小伙子。他一定以为我是北京人，无奈地摇了摇头说，去哪？我说中国青年出版社。

他说不认识那地方。我说东四十二条21号。

他又说，我可没有发票啊。

我终于发火了：从这里到东四十二条最多四公里，你们北京的

179

面的司机怎么都这么牛呢？

他看出我是天津人，就笑了笑说，你们天津面的不拒载啊？

我说天津面的很少拒载。因为天津是座中低收入的城市。面的跑在街上，常常空着呢。

空着？人呢，你们天津的人呢？

我说我们天津人都热爱步行。

司机说，哦，坐车坐腻了。

停在中青社大门口，我看了看记程表，果然不到四公里。下车时，司机突然说，不是说你们天津是个好地方吗？

我记住了司机脸上流露出来的那种优哉游哉的表情。

当天晚上，我又站在二环路上，打的。有了车站打的的经验，我做好充分的思想准备。二环路上车流如水，十分钟过去了，打不上面的。我以为这里不准停车，就换了一个位置。又过去了十分钟，还是不见面的理我。我及时调整战术，见了夏利也拦。面的加夏利，局面应当有所改观吧？不成。又过了十分钟。至此，我已经在二环路边站了半个小时了。而朋友们还都在亚运村家里等我一起去吃晚饭呢。在首都打的如此之难，二环路给我这个外省人上了一课。望着二环路上那繁华却不属于我的车流，我心里说，你们哪里是面的呀，一个个都赛是我的小祖宗。

第四十分钟的时候，我终于打上了一辆面的。我精疲力竭坐在司机身旁，用近乎谦恭的口吻禀报我要去的地方：亚运村。

司机说，亚运村？那我只能拉着您先过广渠门立交桥。

这就意味着要先朝相反的方向开出去四公里，然后掉头再回来。

我说，今天只要您能把我送到亚运村，我就万分感激了。

此时，浓重的消费自卑心理已经将我塑造成一个外省进京的难民。对于我来说，能够在北京打上一辆面的，是我祖上有德，同时也是首都人民对我的最大抬举。在此次进京的印象里，首都的面的司机一个个满面红光精神焕发心宽体健靓亮潇洒。北京真是天堂啊！能使瘦人变胖、胖人变瘦，高人变矮、矮人变高。谁要是想提高自己的生活能力，那么请你到首都去打的。谁要是想使自己变成一个自卑的人，那么也请你到首都去打的。北京保你成才。

回到天津，有时候乘坐面的，我就将在北京打的的际遇讲给司机师傅听。自幼我就记得天津男人表示惊讶的时候，总是哑嘴。这次我终于有了窍门：只要想听到哑嘴的声音，就将北京面的故事讲给天津面的司机听。哑嘴之后，我往往还能听到司机的叹气。

您叹什么气呢？北京挣钱容易，可是您没有勇气去做"北漂"。

一次半夜时分，我从万新村打的回家。司机是一位头发斑白的男人。说实话，我所遇到的面的司机都是二三十岁的"的哥儿"，很少见到五十左右的老师傅。这种年岁还开面的，真是受苦受累的命啊。

我说，您是专跑夜车的？

他摇了摇头说，不。我没黑没白。今天一早儿七点钟我就出来了，到现在还没回家呢。

我心里算了算，这位老师傅已经跑了十八个小时了。

因为都是劳动人民，感情也就容易沟通。我劝他不要过于劳累，身体最重要。有了钱，天天跑医院去看病，就等于是赞助大夫了。

他苦笑了，说自己是个工薪阶层，找亲戚借钱买了这辆大发。跑了一年了，本金还没收回来。儿子又要结婚。心理压力太大了，在家里歇着，坐不住啊。恨不能二十四小时都在路上跑……

这时，我想起了北京那些面的司机们脸上优哉游哉的表情。我说，您有时候也拒载吗？

拒载？我可舍不得拒载呀！好不容易拉上一个座儿，我能拒载？除非我有虫子。

夜风扑进窗来。一辆面的，就是一个家庭。一辆面的，就是一座城市啊。

高邻小屠

一说到邻居，我总是要想起小屠。想到他的背影和笑容，想起二十世纪七十年代后期，我们一起度过的那三年辛勤时光。关于小屠，其实应当称之为我的同学。虽是同学，这些年来我所念念不忘的却是寝室，我与他上下为邻的那些日日夜夜。我认为迄今小屠是我遇到的最好"邻居"。

那时候，我们都是"带工资"去上学的"工农兵学员"。用今天的眼光来看，则属于特定历史时期之下的特殊学生。我们进校时，那场骇人心魄的唐山大地震刚刚过去三个月。我们这个班的男生，近三十人，都住在教学大楼的一间大教室里。双层铺。我长得高，就选择了上铺。住在下铺的是个少言寡语的陌生小伙子。他就是我的同学屠梦雄。在三年漫长的时光里，我们搬过几次宿舍，我俩始终住在上下铺。当时青春年少，并不懂得这位好室友的难得。如今懂了，却已皈依了家中的双人床，只是怀旧而已了。

我们只在那间教室里住了半个月，就搬进一大间低矮的"临建"里。小屠进了屋不言不语捷足先登，占了上铺。我只得屈居下铺了。

生活中我是个粗心大意的人。第二天清晨我才发现，临建的屋顶太矮了，上铺的小屠根本无法坐起。他只能躺着穿衣，然后跳到地下来穿鞋。后来震情解除，我们搬到宿舍楼里，小屠才从那种

"压缩空气"中解放出来。而一搬进那种屋高窗亮的宿舍里，我又恬不知耻地住到小屠的上铺去了。

如今回忆起来，我已然知道自己当年是个什么样子，会有不少人讨厌我吧。我躺在上铺吸烟，大大咧咧就将烟灰弹到下面，那情形如降小雪。然而小屠不言声，用上海话说就是"小屠不响"。没过几天，我的床头就添了一个由罐头盒制成的烟灰缸。我是个有名的邋遢鬼，衬衣脏了，就往身边的绳子上一挂，像个卖估衣的。有时实在没有办法，我就伸手去摘绳子上的脏衬衣，想重新"披挂上阵"。这时往往出现奇迹，手里的脏衬衣变得干干净净。我就厚颜无耻地对同寝室的同学说："我媳妇把我的衣裳都洗干净啦。"这时候，住下铺的小屠默默无言。

冬日里遇到艳阳天，校园里就出现晒被子的高潮。举凡这种爱国卫生运动，我是从不参加的。一天晚上我从教室画图回来，爬上床钻进被窝，一股暖意立即驱散浑身的寒气。我坐起身大声问："这么暖和，是谁把我的被子给晒啦?"这时，躺在下铺看书的小屠，默默无言。

小屠就是这样一个人。相处三年，我不记得他在学习上生活上给我带来了什么不便。细细回想，倒是我给他添了许多麻烦。他是个勤快而自律的人。从寝室去教室，他总是远远走在我前面，于是留在我印象中最多的就是他的背影。当我姗姗走进教室的时候，我的课桌和椅子小屠已经顺手擦拭干净。我就憨脸皮厚坐下来听课。

小屠是个凡事都能想到别人的人，绝不像后来我遇到的那些"自我意识"颇强而目中无人的才子们。从这个意义上说，小屠是我所遇到的最为谨慎的"邻居"。因此小屠一生都可能是平凡无奇的。我们都成长于这样的时代，充满理想与自甘平凡，构成了我们思想的基本内涵。

因此，与小屠这样的人做邻居，是当代生活中的最佳选择。

　　去年，路过一个家具店，看见那种上下结构的双层床，我蓦地又想起小屠。真想与他一起重返大学时代啊。如今时代已然大变，我们若再度同居一室，又会是怎么一番情形呢？我坚信小屠依然是小屠。因为这就是人性的基本逻辑。因此，我们才对生活充满信心。

　　前些天我约多年不见的小屠吃饭，他来了。小屠还是过去的样子，只是比四十年前的大学时代稍稍显些老相。我跟他喝酒聊天，特别高兴。我终于明白了，好人面相衰老得慢，那是因为心地善良不被恶念纠缠。所以，我也要做个好人。

第四辑

人间随笔

淘书者说

　　打从有了周六旧书市场，我的淘书活动便有了规律。首先是文庙，后来增加了南开文化宫。南开文化宫早先曾是军阀李纯的祠堂，如今院落依然宽敞。文庙和南开文化宫平日里也有书摊儿，只是每逢周六规模最大。我的淘书活动，也以周六为主。当然，我希望还有周七。

　　从前天津没有固定的旧书市场，我的淘书活动主要围绕在马路两旁的书摊儿，基本属于游击队性质，没准儿，打的全是"遭遇战"。有时一连几日，骑着车子天天遇到旧书摊儿，就"暴饮暴食"；有时一连串的日子过去了，大街两侧全然不见书贩子身影，这好比往死里饿你。淘书之徒的悲惨命运正是如此。其实呢，这种人生的被动状态恰恰体现了淘书的乐趣。我以为沿着地摊儿淘书绝不同于走进书店买书。书店里买书好比机械行为，高雅而呆板。地摊儿淘书呢颇有回归大自然的感觉。淘书，它使人想起小时候爬树摘枣、田头逮蛐蛐、小河沟里摸鱼……我终于懂得了沙中淘金的含义。一个淘字最传神。倘若将沙中淘金改为沙中寻金或沙中找金，那就没劲了。

　　我的淘书初期没有经验，地摊儿上一旦见到喜爱之书，往往耳热心跳，目光迷离，其特征与发情者极为相似。书贩子多精啊，一看你这份德行，张口就要高价。因此，淘书初期我花了不少冤枉钱。后来我渐渐有了经验，喜不形于色，书贩子便不大宰我了。我与书贩子的斗智斗勇从此进入新的阶段。

淘书的内容挺丰富的，譬如说补缺。我手里有人民文学出版社二十世纪八十年代出版的《静静的顿河》，可惜缺少第三册。其实书店里有《静静的顿河》，只是不拆售。于是多年以来我也没有凑齐，总觉得这个问题必须解决。因此每逢淘书之时，我心里便想着那条流淌在俄罗斯境内的大河，脚步也是轻轻的，那神情分明就是一个探寻地雷的工兵。可多少年过去了，我却距离那位名叫肖洛霍夫的苏联作家越来越远，尽管我与他是同姓而异国的本家叔侄。于是寻找空缺的第三册，成了我的一块心病。

终于，有一天我接到一个书贩子电话，他说他知道我是干什么的，因此要收购我家里的旧杂志。我对他的要求毫无兴趣，当头便问他手里有没有人民文学出版社二十世纪八十年代版的《静静的顿河》第三册。对方想了想，说有。我不禁连声说好，立即约定了成交时间和地点。

我按时赴约，终于拿到了多年求之而不得的第三册《静静的顿河》，喜不自禁。我忘了付账转身就走，书贩子喊住我，说给钱呀。我问多少，对方说十五元。我知道这个数目当年足以购买全套《静静的顿河》了。没办法，为了却一桩心事，我只得如数结账。

回到家里，我立即打开书柜，将新近加盟的第三册放入空缺已久的位置，这条静静流淌的俄罗斯大河一下就完整了，上游中游下游，无一空缺。我高兴万分，当晚还破例喝了一盅白酒，那心情真好像是娶了媳妇一般。

我淘书的另一大乐趣，那就是跟书贩子讨价还价了。其实生活之中我并非精雕细刻之人，平时购物，也很豪爽。可淘书之时我却总在价格上斤斤计较，即使遇到心仪久矣的好书，仍然乐此不疲。那次在文庙的书摊儿上见到南宋周密的《武林旧事》，心儿乱跳。当年我写作长篇小说《尴尬英雄》急于了解宋时菜谱，正是找朋友借阅此书而获益匪浅的。此时面对如此好书，书贩子开口只要五元钱，我硬是以三元成交而且心中窃喜，好像捡了狗头金似的。我想我并不在乎几元钱。以极小面额的钞票而购取极大价值的书籍，这也属于淘书者追求的心理业绩吧。当然，有时遇到原则性极强的书贩子，我只得灰头土脸屈从于人家的价格，那次购买民国版本的《尺牍》和《中国教案史》，就是如此。我虽讨价不成，可付款之后抱起心爱之书，转身便走，然后找一个没人的地方，偷着乐。是啊，淘书者没有失败之说，你得到的永远是收获的快乐。

周六去淘书，就是为了寻找一本书。它的最大魅力就在于你其实并不知道自己究竟寻找一本什么书。这很像我们生活本身。寻找的过程就是价值所在。当你找到它的时候，正是价值的终极。

你在生活中寻找一个人，那是很劳神的，往往引来意外烦恼，令你始料不及。你在生活中寻找一本书则不同了，尽管费神却往往得到无穷乐趣。

书，是君子。人呢，未必皆君子。

一天九顿饭

幼年记事的时候，印象最深的事情是吃饭。因为那时正是三年经济困难时期，吃饭成了百姓的头等大事。俗语说，一天三顿饭。即使半糠半菜，度荒之年人们还是希望吃上一天的三顿饭。我很是孤陋寡闻，不知洋人一天究竟吃几顿饭。但是我知道，一天三顿饭这句俗语，在国人心中已经根深蒂固。如今我们的生活已经得以温饱，一天三顿饭这句俗语，又进而成为一种人生感慨。

可是，你知道有一个地方，一天要开九顿饭吗？我参加大地万里行活动来到天津市公安边防局天津边防检查站，就遇到这样的事情。

说实话，对我来说这是一块陌生的领域。然而关于边防工作的重要意义，我还是略知一二的。譬如说他们是一道绿色屏障，守卫着祖国的大门。

稍稍与边防检查站的官兵接触，我就感觉到自己的浅薄。尤其是边防战士们的生活，深深打动了我。在天津边防检查站监护三中队炊事班，我看到了"一天九顿饭"的真正内容。

炊事班长于宏业上士，是一个来自青岛的小伙子。他给我的第一个印象就是相貌酷似电影演员张丰毅。当我说出这个感觉的时候，他羞涩地笑了。他的笑容使我相信，这个炊事班的饭菜肯定香甜。

192

为什么一天要开九顿饭呢?

小于告诉我,一天的九顿饭,第一顿是深夜 2 点,然后是清晨 6 点、7 点半;中午 11 点、12 点;下午 5 点、6 点半;夜间 11 点、12 点。除了一日三餐,其他六顿饭都是勤务餐。只要有外轮靠岸作业,边防检查站就要设置梯口勤务。用战士们的话来说就是"白三夜四"矗立在外轮梯口,代表着祖国的主权和尊严。一天二十四小时,上岗下岗,不分昼夜。于是炊事班就成了一个闲不住的地方。给我的印象他们一天总是在做饭。对我来说,做饭是一件枯燥无味的工作。尤其是一天要做上九顿饭,不啻一个负担。我问甘肃籍战士小马,工作是不是很辛苦。小马憨厚地笑了。炊事班的战士们,似乎并不认为自己的工作枯燥乏味。他们是战士,他们在自己的岗位默默工作着。在和平年代里,我们有时很难感到战士这个字眼意味着什么。但是只要你走进营房,真正地注视着那橄榄绿色,你就会渐渐悟出,战士这个字眼首先是一种气质。这种气质的表现为对自身价值的确认以及对自己职责的执着。炊事班总共六个人。他们的工作可能非常平凡,然而他们忠于职守,日复一日做好这"一天九顿饭"。我问小马,哪一个岗位最辛苦?小马诚实地对我说,梯口勤务。

于是,我就到梯口去看了。

那是我们新港的煤码头。一艘在新加坡注册的外轮正在码头作业。梯口执勤的是入伍不久的甘肃籍战士郭德彦。小郭身材高大,站得笔直。他的脸上身上,落满了黑黑的煤灰。这就是煤码头的"特色"。我知道他是个新兵,大概还没有领略炎炎夏日立在烈日之下的辛苦,也还没有品味严冬的海风那刺骨的寒冷。然而小郭对生活充满信心。他告诉我,他热爱这里。到服役期满之时,他要报考军校。从他说话的表情里我看出,这里的确艰苦,但是他们已经从内心深处确认了自己的位置——战士。从这个意义上说,他们将勇往直前。无论是"一天九顿饭"的炊事班，还是梯口执勤的战士，都使我感到在一天的二十四小时里，边防站的生活不舍昼夜，一分一秒都具有意义。由战士们组成的绿色屏障，乃是一种蓬勃的生命。迎着海风，战士的军衣永不褪色。于是，生命之树常绿。

分手的时候，我预祝小郭将来能够考上军校，成为一名优秀的职业军人。小郭笑了。

我呢，真想去尝一尝那"一天九顿饭"。

梦里梦外

好像很久以来我都不曾有梦了。清晨醒来对一夜睡眠做一个小结，总是觉得毫无业绩可言，显得特别空洞。转念一想，能够拥有如此太平无事的睡眠，也算是一派祥和了。不禁窃喜。真应了时下京城的一句熟语：没事儿偷着乐。

我这个人就是浅薄得很，一有什么得意之事便要流露出来的，似乎毫无城府。前几天我遇到一个老朋友，就将自己长期无梦的情况说给他听。老朋友听罢大惊失色，连连啧啧摇头。我就以为自己的长期无梦取得了轰动效应。自从文学失却轰动效应以来，作家确实处于不冷不热的状态。

出我意料的是这位老朋友用致悼词的口吻说，你完啦你完啦。你穷得已经连梦都没有了。一个从事写作的男人怎么能没有梦呢？这真是太可怕啦。

听他这么一讲，我的窃喜心理顿时烟消云散，感到问题严重了。

是啊，写作多年我怎么堕落成为一个无梦之人呢？

老朋友见我情绪低落下来，立即安慰我说，其实梦有两种，一种是醒来能够记起的，一种是醒来记不起的，你显然属于后者。

无论前者还是后者，反正我失去了梦境。其实那也是一个无比博大的世界啊，甚至远远大于我们的现实世界。

我感到失落。

只有在这种时候，我才感到梦境的可贵。此时，我切肤地感到梦想之于人类是多么不可或缺啊。我甚至认为打从孩童时代，我就是靠着梦想一天天长大成人的。

于是，我偏激起来，认为一夜大睡而全无梦幻乃是人生的一种麻木状态。白日的麻木状态加上夜间的麻木状态，我真称得上是一位全天候麻木者了。

我开始在心中祈求梦境。

是不是我对现实生活已经非常满足了，才不再有梦啦？是不是我已经对未来无所希冀和向往啦？是不是我认为梦境只是现实生活之不满足的可怜补充，便放弃了这种自我慰藉啦？

我不得而知。我希望自己能够重新拥有梦境。

盼望梦境的心情几乎是一种不安的期待。这真是印证了存在主义哲学的那句名言："过程具有意义。"等待梦境的过程之中，我特意查了查辞典，知道了做梦是"睡眠中大脑里的抑制过程不彻底，在意识中呈现种种幻象"。能够聊以自慰的是，我的期待梦境的心情，其实本身就是一个白日梦。于是，梦的含义终于有了扩展。

一天夜里，我终于有了梦！清晨醒来我对这个梦境的内容记得异常清楚。如果以电影来比喻，我的这个梦无疑是一部黑白片。在梦中，我重新回到大学时代，依旧住在学生宿舍里。我睡上铺，下铺是小屠。小屠是个优秀的学生。说是明天就要考试了，考高等数学。我慌了，告诉小屠这个学期的高等数学我根本没去听课，小屠宽厚地笑了笑。我只得向他求救，说明天考试我从头到尾都得抄他的卷子，否则我肯定零分儿。小屠还是宽厚地笑了笑。

这是一个主题明显的梦——我陷入了考试之前的困境之中。醒来之后，不知道为什么我竟然体味到一种快感。这是困境之中的快感。这也是走出困境之后的欣悦。

事情到此并没有结束。后来，这个梦竟然成了我的保留剧目，在短短的不到半年的时间里，这个梦我又重复做了三次，而且绝对原版，就如同今天的电视台重播一部当年的老电影。

这令我感到震惊。我将这个奇怪的现象讲给我的那位老朋友。人的梦还能重播？他也觉得不可思议。

看来人的梦是能够像电视剧一样重播的。我知道这个重复出现的梦境一定是要暗示着我的某种焦灼心态。还有一个令我不解的问题就是我从未梦见进入考场，每次都是考试前夜我躺在宿舍里惴惴不安的情景。

我希望自己能够换一个梦境——从内容到形式统统更新。

一连串的日子过去了。我无梦。春天来了，许许多多作家都在文章里将春天比喻为勤奋的季节。其实春天往往使人懒洋洋的。我正是在这样一个懒洋洋的春季里做了一个梦。当然又是重播。明天考高等数学，我肯定要得零分儿，我向睡在下铺的小屠求救，等等。

与以往完全不同的是，这个梦境的长度有所延伸，朝着连续剧的规模发展——似乎出现了第二集。

第二集的场景详。只记得我坐在洒满阳光的窗前，心情颇为安稳。临近中午时分我抬头看了看墙上的钟表，啊地大叫一声。今天上午八点钟考高等数学呀！这是我要考的最后一门功课，过了这一关我就永远不再面临考试了。可是，已经中午十二点钟了，一切都已经晚了。

醒来，我躺在床上静静品味着这个已经生出了尾巴的梦，试图从第二集里品咂出几分新意。我开始分析剧情：我是在中午时分突然想起早晨八点钟的那场十分重要的高等数学考试的。如此重要的考试竟然遭到忘却，这足以说明在我内心深处隐藏着多么强烈的逃逸心理。无论结局如何，反正我躲过了这一次考试。看来，我在梦中的角色已经由一个考试前夜惴惴不安的大学生变成一个闲坐窗前心情安稳的大闲人。

剧中角色的思想内涵出现了深化的倾向。

过了几天，我猛然想到这样一个问题：在梦中，我是不是存心装成忘记考试的样子，一派悠闲地坐在窗前，临近十二点钟的时候故意大叫一声以表示自己确实忘记了那场考试？

我开始拷问自己。

如果我在梦中果然伪装得如此逼真并且蒙混过关，那么我真是一位狡猾的大师了。无论是梦境还是现实，这都很可怕。

这时我听到一个声音似乎是从旷野传来，声声洪亮字字入耳：你可不要忘啦，后边还有补考等着你呢。

我哈哈大笑。无论是梦里还是梦外，这一次我笑得明明白白。

话说唐山人

从小我就知道唐山这个地方。那里有煤矿。煤矿上出了一个名叫节振国的人，领导矿工闹革命。多年之后节振国又成为革命现代戏里的主角。我正是通过这出京剧才认识节振国的。在此之前我所认识的唐山人，是我的外祖母。

我的外祖母是唐山人。从幼年到青年时代，我所真正了解的唐山人其实并不是节振国而是外祖母。倘若从社会学意义讨论唐山人，对我来说是一个难题。唐山人对于我来说，象征着母体文化的血脉亲情。

唐山地处冀东，却开埠很早。中国近代史上的开滦采煤，标志着英国殖民资本对中国的侵入。目前中共天津市委的办公楼，就是当年的开滦矿务局。唐山开埠的历史，说明唐山是一块中西文化相互碰撞相互融合的土地。唐山接触洋人，与煤炭有关。唐山的工人阶级是随着唐山煤矿的开采而走进中国近代史的。唐山第一代矿工无疑来自破产农民。破产的农民进入煤矿而成了唐山早期工人阶级，便出现了从农民文化母体里脱胎而出的唐山工人阶级文化。挖煤与耕田，同属汗流浃背的原始体力劳动，却归属于两个不同的阶级。从地上走入地下，农民竟成了工人。这种现象十分有趣。因此唐山也成为中国北方极其独特的城市。

唐山地处华北前哨，京山铁路要冲。东北风进关，先过唐山。由于地处华北与东北的缓冲地带，生活习俗既属于华北，也颇受东北的影响。华北农民的谨慎小心与东北绿林的骁勇强悍，统一于唐山民风之中。这就好比唐山人饭桌上的酸菜与海鱼，将两个地域的文化融合为一。在华北古老的大地上，唐山显得与众不同。

　　唐山人并不"土"，尽管他们操着冀东口音显得很土。唐山方言是一种悦耳的口音。一辈辈相声演员总是通过模仿唐山口音来换取台下听众的笑声。对此唐山人从无愠色。

　　这可能就是唐山人的胸怀。

　　开埠早，使唐山人拥有较宽的视野和较高的文化素质。开埠以来，英国文化随着开滦煤矿而逐渐渗透；俄国文化也随着远东铁路通过中国东北而进入唐山；西方文化对唐山的浸润，不可低估。二十世纪初，唐山人的"新学"观念已然树立（我母亲就是三十年代开滦学堂毕业，后考入北京的贝满女中），读书求学之风甚盛。革命先驱李大钊，恰恰出自与唐山比邻的乐亭县。冀东地区的文化含量，显然受到近代唐山的辐射。唐山的开放随着唐山煤炭的开采，吞吐与吸纳，从来不曾停顿。历史上唐山似乎没有排外的记载，唐山在二十世纪初就已经接纳世界。开放的唐山因此而成为高文化地区。在这里我举一个反面的例子，沦陷时期华北地区的日本翻译官，有许多出自当时的唐山。这也说明唐山地区通晓外语者众，在北方中国属于文化相对发达的地方。

　　开埠与工业兴起，东西文化的交融，铸就近代唐山人的性格内涵。唐山虽然不是严格意义上的沿海城市，但是滚滚外运的煤流将它与外部世界联结起来，唐山因此而开放。如今唐山左近的丰南市，旧称胥各庄，在我的外祖母口中，胥各庄被称为"河头"。当年煤炭外运，这里乃"煤河之头"，是之谓也。在华北的土地上，唐山以其独特的"乌金文化"而有别于他处。

唐山人给我留下的深刻印象是敢想敢干。三姨家的表哥第一次到天津来的时候，走在劝业场大街上，脸上绝无乡巴佬的惧色。他走进"稻香村"要了一瓶高浓度橘子汁，打开之后仰脖就喝。而天津人喝这种橘子汁，绝对是要兑水的。一九六一年"节粮度荒"期间，表哥只有十八岁，为了生计他跑起了买卖，也就是今天所说的"长途贩运"。那时候这种生意被视为投机倒把，一旦抓获严惩不贷。十八岁的表哥先是随着一群大人跑了几趟，很快就成为"独行侠"。他拎着两只大提包，坐着火车东奔西走南来北往，居然从未落网。有一次临近春节他从四川贩来猪肉。沿途盘查极严，他竟将一条条猪肉缠在身上，坐了几十个小时的火车，安全抵达天津。中转的时候他来我家歇脚，我亲眼看到他从自己身上解下一条条猪肉，不禁愕然。我问他路上怕不怕，表哥淡淡一笑。天津人与唐山人相比，恐怕只强在嘴上而已。天津人遇事，往往首先进入"起兴"状态（这个"兴"是赋比兴的"兴"，即先言他物以引起所咏之辞也）。天津人起兴的俗解就是"咋呼"。特没劲。唐山人遇事绝对不咋呼。唐山人不言不语，就把大事办了。"不言不语办大事"既体现了执着精神又渗透着人生智慧。没事儿的时候，唐山的老爷儿们也爱聊大天儿，什么时候不言不语了，大事已经办了。这种性格的形成，可能与几代人默默无言的采煤作业有关。

唐山人的商品意识，在北方是很突出的。第一次世界大战期间，欧洲需要大量猪鬃。唐山的猪鬃厂如雨后春笋般开办起来（我的三姨父就是猪鬃厂的工人）。看来唐山并不只是拥有煤炭工业。煤炭工业早已使唐山人开阔了眼界，拥有了商品经济头脑。二十世纪初叶开设在天津的商号，也不乏唐山东家。譬如坐落在河东的同合兴货栈。

独特的地理环境与历史因素，使唐山人率先进入"工业状态"——与此同时又未能远离农业母体。于是唐山人便显得非常复杂。他们具有北人的纯朴，又具有南人的精明，同时还渗透着几分关外的豪爽和骠勇。如果你认为唐山人狡猾，那是因为你比他愚蠢；如果你认为唐山人忠义，那是因为你比他奸诈；如果你认为唐山人土气，那是因为你可巧穿了一套高档西装；如果你认为唐山人胆大妄为，那是因为你生来就胆小怕事……唐山人就是唐山人，这就是定义。当你觉得已将唐山人看得清清楚楚的时候，恰恰可能是雾里看花。

　　唐山距离我们太近了。因此我们身上的优点他们似乎都具有。而我们身上的弱点，他们又似乎都不具有。从废墟里站起来的唐山人，身后枕着燕山山脉，眼前面对渤海海湾，用"煤黑子"来形容唐山人已经不准确了。唐山不仅仅是"煤都"，唐山人还想得到大海。前几年唐山与北京合资建港，就是最好的例证。唐山人很想拥有自己的出海通道，尽管不远的地方就有一个名叫新港的港口。

　　一九七六年七月二十八日的唐山大地震，让全世界都知道这个地方。我的一个表哥在那场大地震中丧生。经过十几年重建，一个崭新的唐山重新屹立中国东方，再现昔日辉煌。

　　平时接触到唐山人，不知为什么我总是主动告诉对方说："唐山是我姥姥家。"这可能也是热土亲情吧。

庐山感悟

　　我曾两次游览庐山，能够记住的景点很多，然而给我留下深刻印象的却只有两处。所谓游山玩水，其实也是个人主观体验。古人云"横看成岭侧成峰"，是很有道理的。我说的景致，纯粹是体验式的。一是天池泉默思，一是含鄱口远眺。

　　我在游记里这样写道："说是去谒天池寺，人流便朝一个径口涌去。二百余级石阶直铺峰巅。游人之履踩热石级，好似踏在步步高的音阶上，满山尽是绿色喧哗。偶见乱石岿然，苍苔冷翠之中透出大自然的凝重，更衬出小草儿们那种野性的活泼。游伴之中，已有'醒世者'道出预见：看景不如听景。风景难煞，一俟加入游人之列，人人便都成了天真的孩子，只相信美好。心在峰巅。"

　　竟然被醒世者一语言中。那天池寺者，早已荡然无存，空余寺门残迹一处，也只是由层层青色片石垒成，毫无华容贵姿，难唤游者雅兴。勤而无新，于是人们在峰顶小踱，只想览一眼天池，然后起身另觅佳处。却是寻不到天池。峰顶小场越发空阔。突然有人喊道：这里有天池泉！众人循声望去，原来所谓天池泉就在眼前：左边一石砌水池，右边一石砌水池，形似孪生。同是墨绿色的池水，池底泉眼早已朦胧，水面静而无波。其面积，不及双人床面之长宽，水瘦光黯。哇，这就是天池泉啊？众人感到有些扫兴，不言不语。这徒有虚名的庐山一景，似乎连游人的牢骚之心也不能唤起。提倡看景不如听景的人们获得了极大的成功。

毕竟有人凭栏默思，面对高山古泉不肯草草离去。我想，景致于人也是见仁见智的吧，全凭你用心去悟。依此处海拔高度，区区小池，春不溢，冬不涸，可谓寂寞久矣。然而它身居高处却心泉不枯的胸怀，分明与山魂相通，贯联大地之气。难道这不是真正的人间奇观吗？

山有多高，水有多高。天池泉说明了这个朴素的人间道理。我们应当有所领悟才是。

我在游记里这样描写眺望含鄱亭的情形："庐山的五老峰矗立于左，一派长者风度。九奇峰呢拱峙于右，连绵嵯峨，中间一派逶迤，壑谷似一张大嘴巴，急欲汲尽鄱阳之水。这就是含鄱口——庐山的大景致。登上含鄱亭，远望鄱阳湖上浩渺，好像湖涨半天，来浸庐山山脚，孕出半山雾。近看犁头峰前烟云，宛若仙子舞纱，欲拭鄱阳明镜，朦胧的绿色世界愈加迷离扑朔。此时，我们真正体验到了'不识庐山真面目'的诗意。这时天近晌午，艳阳复出，才使我们大开眼界。再看山，绝顶石头酷似犁尖，恰好耕云播雾。这犁头峰，出自第四纪冰川大自然的神斧。再望湖，渔帆点点，好像一只桅上系着一朵白云。这白云帆，分明是由湖上清风巧裁妙剪，在碧波上轻盈漂浮。湖光山色，相辅相成。大自然的伟力创造了这人间美景。人，确是太渺小了。"

就在告别含鄱口的一瞬间，我竟然觉得自己尚未领悟这湖光山色之中蕴含着的真正含义。目光投向含鄱口上那片绿毡似的谷地，我终于从中渐渐辨出一道道赤红色！似羊肠连绵，回转不绝，虽含在浓绿之中，却突出一股强烈的性格。犹如大地的筋脉，流动着可感的活力。这便是路，这便是我们上山的路。那上山的路上层层叠叠着登攀者的足印。

　　这就是我的庐山感悟——游山玩水自有几分心得吧。

从"大罗天"开始

那座大楼坐落在鞍山道与山西路交口，斜对面是张园。小时候我听大人说那是天津日报社。大楼门廊外台阶有两根圆形石柱，足要两人合抱。这便显现了它敦厚的气势。

那座大楼迤西是山西路小学。小学对面是搪瓷厂中转库，一摞摞铁丝编成的工位箱里装满白色茶缸子。那都是合格产品，不存在什么"碰瓷"。

这里确实是天津日报社。然而附近居民却将此处叫作"大罗天"。我当时不知典出何处，后来阅读地方史志得知"大罗天"是旧日租界的游乐园。天津日报是在游乐园旧址建起的大楼。这个残存的地名消逝于二十世纪六十年代末，人们终于改嘴叫这里"天津日报"了。

我自幼居住在天津日报社附近，度过小学时光。给我留下深刻印象的是鞍山道的读报栏。一排排玻璃框里镶嵌着当天报纸，随时供人们阅读。读报栏前的边道很宽阔，那是童年目光里的小广场。尤其晚间读报栏前灯光明亮，即使冬夜仍然有人驻足读报。那温馨的情景令人难忘。后来我识字了，也加入读报行列。然而我没有想到长大成人会成为《天津日报》的作者。

多年后我在工厂做技术员练写短小说，不时给《天津日报》文艺部投稿，那时已经从《尽朝晖》恢复为《文艺周刊》。我自然几次收到退稿通知，一页"天津日报"公用笺印着审稿意见，落款是手写的"文艺"二字。我清楚记得一九八四年三月一日"文艺周刊"发表了我的《美的感召》，这篇小说继而被天津市作家协会（当时叫"中国作家协会天津分会"）评为"一九八四年度文学佳作奖"。我至今记得在天津科技大厦从冯牧同志手里接过获奖证书，小作者内心充满大激动。

这无疑是《天津日报》给我提供了起跳的踏板。之后我又在《文艺周刊》发表几篇短小说。那时我在天津市第一机械工业局工作，成为坐办公室的小干部。

一机局传达室的杨大爷曾经是《天津日报》印刷厂的职工，他得知我在《文艺周刊》发表文章，随即对我亲切起来，好像我俩都是与《天津日报》有关联的人。这属于《天津日报》无形的魅力吧。

一天近午时分，有两位男子来到办公室说找肖克凡。我立即起身应声，得知来者是《天津日报》文艺部的编辑，随即受宠若惊着手沏茶，年纪稍长者说只是来看看《文艺周刊》的作者，我越发受到感动竟然不知所措，从而牢牢记住他们的名字，年纪稍长者是郑玉河先生，与我年龄相仿的是宋曙光老师。

这就是自孙犁先生创办《文艺周刊》形成的编辑作风：关心爱护作者，热心培养作者，谦逊儒雅从来不摆编辑架子。我为自己能够成为《天津日报》的作者，深感荣幸。

如今《天津日报》七十周岁了，这恰好成为我怀念时光反观自我的契机。我粗略统计三十多年来在《天津日报》发表了六七十篇文学作品，也可能更多些，包括我在《文艺·双月刊》（前身为《文艺增刊》）上发表的短篇小说《天津风味》《大院里的媳妇们》

《秋天的风景》《牌运》等，其中《远的星》还被《小说月报》转载。这再次说明是《天津日报》给我提供了起跳的平台，也让我怀念编辑《文艺·双月刊》这册刊物的老编辑邹明、李牧歌夫妇，他们对我的写作给予教诲与帮助。

至今我认为值得自己记住的文章，好几篇发表于《天津日报》，譬如小有自嘲勇气与反思意识的《签字售书记》《少年遭贬记》和《我的一个朋友去了》，还有不忘感恩铭记贤者的《仰望天堂》《两位医生》和《又见到了人间天使》。二〇〇八年北京奥运会，承蒙曙光兄看重约我写了《美丽壮阔奥运夜》，还有怀念前辈作家的《也想起罗洛先生》。

走进基层采风，我写了《杨柳青青柳色新》；评论天津广播剧成绩，我写了《龙肝豹胎·玉精神》；介绍文化动态，我写了《读〈张艺谋的作业〉》；反映天津危改工程，我写了报告文学《安得广厦千万间》。总之，无论是当年的文艺部还是后来的专刊部以及文化中心，我跟很多编辑老师成了朋友。我非常珍惜这份友谊。

从童年的"大罗天"读报栏开始，这么多年过去了，我斗胆声称自己是经过《天津日报》培养的写作者，而且真心视这块园地为自己多年成长的文学家园。如今我年龄偏大被划为"五〇后"作家，但是每逢面对《天津日报》，我从来没有人生迟暮的感慨，毕竟我从青春年代就成为它的作者，因此只要《天津日报》不老，它的作者就会充满朝气。

想念我们共同的八十年代，谢谢我心中的《天津日报》。道路漫漫未有穷期，我将继续与你同行。

读《张艺谋的作业》

在我的印象里，张艺谋是不会写书的，他不是不会写，他是不愿写。他认为自己是拍电影的，影像表达才是本职工作。至于写书，他谦逊地认为那是作家的事情。

然而，张艺谋还是出书了，取名《张艺谋的作业》。收到新书我立即读了，知道这是张艺谋口述，方希撰文。方希"七〇后"，属于麻辣型才女，我在京城与她曾有一面之雅，后来也读过她的博客，被她的文字吓住了。不是有口蜜腹剑这个成语嘛，我看方希是"腹蜜口剑"。那份文字杀伤力，不是寻常老爷儿们扛得住的。即使写张艺谋，方希文风依然，生生把张艺谋写成了艺谋张。这活儿，干得相当不错。

这本书张艺谋作了自序。这也是极为少见的事情，因为我知道他挨骂多年，从来不回嘴，这次却主动说话了。对我这个读者来说，这确实是件事儿了。

张艺谋在自序里说："二〇一〇年底，要拍《金陵十三钗》，将在南京待半年多。出发前几天，我都在整理东西，意外发现几十年前拍的照片。正巧两位作家肖克凡、周晓枫在，便拿给他们看，不免感叹一番。不料两位作家更为感慨，建议我干脆为这些照片出本书。"

我不由想起那个冬夜，在工作室张艺谋拿出当年当工人时拍摄的照片，还有码放整齐的一沓沓底片。我和晓枫被这一幅幅照片震动了。晓枫年轻，连连赞叹当年张艺谋超前的艺术视觉。同样有着工厂经历的我，则颇有感同身受的触动。

　　四十年前，插队知青张艺谋从农村选调咸阳市国棉八厂，成为一名青年工人。他身负家庭出身不好的压力，却迷上摄影，攒钱买一台相机是当时的梦想。他的工资从一级工三十六块，涨到二级工四十块零二角，每月积攒十块钱，就这样攒了三年多，还是不够买相机的钱。适逢工厂组织献血，他去了。献了血工厂给营养补助金二十元，他把这份营养补到相机上，加上母亲的赞助，终于凑成一百八十六块六角，买了一台海鸥4型双镜头反光相机，又添了几块钱买了中黄滤色镜。

　　张艺谋就这样开始了。他回忆说："我端着相机在渭河边转悠，心里想着摄影前辈薛子江的话，用眼睛发现美，心里感觉那个不一样，我不正向大师看齐在搞创作吗？"

　　我之所以感同身受，因为四十年前我在工厂也怀有梦想，那就是偷偷学习写作。人在逆境中的梦想，永远是记忆里的黄金，无论什么时候都不会贬值。

　　当年的青工张艺谋学摄影，同样是黄金般的梦想。然而在文化荒漠年代里，学摄影不是件容易的事儿。学摄影不光是摆弄相机，还要有理论基础。张艺谋借了摄影理论的书，看了必须还。他没辙，却深信"眼过千遍不如手过一遍"的古训，硬是一本本把书抄下来。

　　去年那个冬夜，我在张艺谋工作室看到他当年的抄写，已然泛黄的纸上，字体横平竖直，工工整整，规规矩矩。他就这样抄了三年，足有几十万字。

　　如今，张艺谋成了国际大导演，他将这些"古董"展示给我们看的时候，那表情却像个大孩子。是的，这些当年的照片当年的文字，记载着青工张艺谋当年的梦想，然而如今他却坦白地说："人是要有梦想的，不过我也要想，什么是梦想。我总觉得，梦想是很入世、很具体、很现实的，梦想是你在某一个生存阶段，可以做点什么改善自己的状况，梦想是最切实的想法，它不能在天边，因为那无法作用和影响你的行为。"这就是张艺谋对梦想的实实在在的解释，一点儿也不矫情。

方希在这本书里，详细记载了人生不同阶段的张艺谋的梦想与挫折，比如当年他在北京电影学院读书是怎么"夹着尾巴做人的"，还有北电毕业分配到广西电影厂，心情悲愤拍摄《一个和八个》的故事，我认为方希向我们转述了一个真实的张艺谋，张艺谋恰恰因为对梦想的世俗解释而越发真实起来。

不知为什么，人们普遍认为张艺谋是农民，其实，他父亲毕业于黄埔军校，母亲是皮肤科医生，他生于典型的知识分子家庭，却多年被公众误读。他觉得被认为是农民也没什么不好，毕竟他当过几年知青嘛，那应当就是农民。

其实，我并不真正了解张艺谋，读了《张艺谋的作业》，却觉得我可以对他做出几分判断：他从来没有真正满足过自己，他从来没有主动辩解过自己，他从来没有出位炫耀过自己，他从来没有切实快乐过自己，他从来没有刻意伪装过自己……尽管他在我心目中已然初步拥有光辉形象，我还是从中品味出几分旁人难以发现的东西，这可能正是他与众不同的地方。

我在阿谀方希的同时，也谄媚了张艺谋以及他的人品——但愿不是这样。请看看《张艺谋的作业》吧，这至少是一份真实的记载，但愿没有弄虚作假。

回忆工人文学社

　　天津工人业余文学创作社简称天津工人文学社，好像成立于一九五六年。那一年我只有两岁，已经不吃奶了。四十八年过去，它依然存在而且活力未减，培养了一代代作家。我以为这是一个文学奇迹。

　　如果我没有记错，天津工人文学社是我参加的第一个文学社团。那是一九八一年的初夏。当时我在一家国营企业里当技术员。工厂坐落在北郊，远离市区，信息闭塞，通信不畅。有时我给同学打电话，往往一连拨打几天都难以接通。我的工作就是趴在绘图板上画图，工艺啊工装啊什么的，心里并不喜欢。生活单调，交际缺失。我唯一的乐趣就是偷偷写几句歪诗，聊以自慰。

　　一天，我从《天津日报》上读到"一宫"图书馆举办文学讲座的消息，心里一动。我很想学习写作。下了班，我从北仓工业区骑自行车赶到市里，走进"一宫"报名。报名地点在一宫后院二楼图书馆。令我颇为遗憾的是这个文学讲座的时间是每星期天的上午。而我的公休日却是星期二。那时候工厂里是不能经常请假的，况且文学这东西被人们视为"闲白儿"。我报名不成，转身怏怏离去。这时候，一位戴眼镜的男同志起身叫住了我。他说："如果你发表过作品，我们这里有一个晚上活动的文学讲习班。"我回答说，曾经在

《天津文艺》上发表过两首顺口溜。他说："你再写一个作品来吧，我们看一看。"后来我才知道，吴永熙同志是音乐干部，当时负责工人文学社日常工作。

回到工厂，我立即写了一首小诗寄给吴永熙同志。小诗的题目好像叫"创造"，一派好大喜功的样子。一天，我接到工人文学社寄来的表格，要我填写之后寄回。后来，我被批准加入天津工人文学社。

之后我干劲倍增，写了一篇小说《爱国家庭》寄去。那时候，我在天津发电设备厂技校主讲《铸造工艺学》，当刊有我小说的《海河潮》小报寄来，我竟然不失时机地在课堂上向学生们炫耀着，心情难以平静。后来这篇被何苦改名为《这一户人家》的小说还获得了年度二等奖。可见当时文学的确给我带来了荣誉。当然，也给我带来了勇气——那就是我敢写小说了。而且一直写到了今天。

工人文学社经常举办活动。有一次通知我去玉田煤矿深入生活。我难以请假，因此错过机会。我在工人文学社，见到了许多著名作家。如今仍然健在的白金老师和刘乐群老师就是那时认识的。已然作古的有阿凤、万国儒、张知行、董乃相、刘洪刚、高桐年等一大批前辈作家。他们的音容笑貌，恍惚如昨。认识的同辈人就更多了，包括英年早逝的王光烈兄。

由于在《海河潮》上发表了作品，我被高看一眼，担任了文学讲习班辅导员，其实是夏寿邦同志的助手。文学讲习班每周有一次晚间活动，主要是学员之间互相讨论作品。记得有一次来了一位身着警服表情谦和的男青年，他就是多年之后的著名编剧桂雨清同志。后来夏寿邦离开辅导老师的位置，换为赵北望。他是一位创作颇丰的小说家，也是《科学学》杂志主编。有一段时间，我还兼任《海河》丛刊的编辑，挺兴奋的。

工人文学社崇尚现实主义创作精神，提倡积极向上，反对"暴露主义"。有一次讨论张抗抗小说《北极光》，争论激烈。我印象里的工人作者们，大多性格沉稳，为人老实，代表了天津产业工人的性格。作者们来自不同行业，有冶金有纺织有机械有化工还有铁路局和建筑公司的，他们投身文学创作，主要是有感而发，表达自己的人生理想。工人那时毕竟属于领导阶级，肩负宏大的社会责任感和强烈的时代使命感，天津工人文学社便成为一块热土。一九八三年初我从工厂调入机关，变成小干部，于是参加工人文学社的活动，渐渐少了。

一九九六年庆祝天津工人文学社成立四十周年，场面隆重。我获得了"劳动者文学奖"证书。我看到当年的文友们，大多已届中年甚至鬓发斑白，然而对于文学却痴心依旧。当时，我内心感慨万千。文学是一项有失有得的事业。失的时候，我们不要骂它；得的时候，我们也不要忘乎所以。文学的包容与厚道，使得多少生活在社会底层的业余作者，写而优则仕——从工人变成报社记者、从农民变成杂志编辑，有的甚至步入仕途并且官位加身。文学，真的待你不薄。

我必须承认，天津工人文学社是我文学履历上不应忘记的一段时光。尽管文学已经失去轰动效应，但文学永远不会死亡。我应当将天津工人文学社比喻为一株大树。尤其春天来临的时候，大树萌发新枝，那景色一定是非常动人的。

思念米兰

　　那时候我是个机关干部。不知什么缘故，机关大楼里兴起了养花的热潮。楼道里的窗台成了百花园，一派郁郁葱葱。后来我才知道，这里的花草大多是机关下属企业赠送的，虽然不乏谄媚之意，但或多或少体现了"美化机关人人有责"的方针。于是我受到全民绿化的感召，也想栽上一盆略表寸心。我是一无职无权的小公务员，自然没人送花给我。我就去花卉市场买了一株米兰。抱着米兰走进机关大门，我的自费绿化活动就开始了。那时我已经学作小说。

　　应当说这是一株少年米兰。她的年龄正合我意。将少年培养成人，这个过程具有无穷乐趣。平时工作虽忙，我还是时刻关心米兰的成长。一天下属公司的通讯员看见我为米兰喷水，站在楼道里告诉我这株米兰属于优良品种，开花极香而且不易退化。听了内行评价我很高兴，盼望米兰早日开花。

　　这时候的少年米兰，无言地看着我。

　　久而久之，我与她有了感情。她的体型不算出众，然而挺拔且修长，随我，有股子勃勃向上急于证明自身价值的劲头，于是稍显几分冒失。这正是我的心境写照。因此，我总觉得这株米兰是我投映窗台的身影，视为己出。

　　那时我读了几本弗洛伊德，自我诊断此等情愫与恋物情结无关，只是我的情感寄托而已。进入冬季楼道里气温不高。天冷了人要加衣防寒。花呢？花没有衣裳。我担心米兰夭折。嘉木自有天相。春天来临的时候，她活转过来。

渐渐进入盛夏，米兰露出小小的花蕾，一颗颗宛若黄色米粒。我暗喜米兰已成青年。青年开花，果然不同凡响，那香气扑面而来，勇猛有余而含蓄不足。我知道，这株米兰平生首次开花，必然情真意切奋不顾身，全然不谙世故，显得咄咄逼人。正因如此，才显得分外可爱。从这株米兰身上，我也悟出几分人生道理。

或许人生道理懂得多了，自我意识在心底渐渐苏醒，开始有了所谓痛苦。于是我更换了工作环境，调到市政府一个委员会里工作。记得调动之际正是隆冬，担心米兰不耐寒冷难以挪动，便将她留在原处。我与米兰，劳燕分飞。

新的工作单位，我办公的房间狭小而不见阳光。我后来把这个罕见的房间写进小说里并将其比喻为潜水艇。在这种环境里工作有害身心，我不想延请米兰到此定居。我与米兰，就这样两地分居着。

我回到原单位看望米兰，她枝繁叶茂的样子，开花时候暗香浮动，意气风发绝不轻易罢休。这种情形，更使我坚信她的品种优良。殊不知在我调离之后，邵大姐和老杜同志随即成为无名园丁，专心照料这株失去主人的米兰。花开季节，邵大姐专门买来"育花灵"，精心养护。花落季节，老杜同志不忘剪枝修顶。他们的行为使我深受感动。于是我将这株米兰寄放原处，迟迟没有挪动。

后来，我离开"潜水艇"搬进一间宽敞明亮的大房间里办公。环境变好了，我想起米兰。一天下午我找了汽车将她接到身边。这时的米兰在邵大姐和老杜同志的呵护下，长势极好。这就是人们通常所说的置身善良环境。

我在新的工作环境里，继续与米兰为伴。这时我再次感到身边

216

有了可心的朋友。那时候我的写作正在爬坡，白天在机关里上班，回家伏案熬夜。我的米兰与我的文字，共同生长着。一起工作的几位青年同事，并不知道这株米兰对我来说意味着什么。在他们眼里她只是普通植物而已。

这株米兰依然默默开花，似乎成熟了几分。

我终于调到本市文学机构去了。功名心切忙于写作，一时忘记米兰，将她留在那间虽然宽大却未必温暖的大房间里。大约一个月后我去搬迁米兰，一进门便惊呆了。昔日生机勃勃的米兰，此时已然枝叶枯槁。我不言不语看着她，心中充满对人类的失望。我立即动手剪枝浇水，做着最后抢救。

是啊，这株无辜的米兰在她主人调离此处的三十多天里，无疑经历了漫长的旱季。其实这里不是无人区也并不缺水，办公室里的人们整天优哉喝着香茶。

我蓦然明白了，我犯了个不可饶恕的错误，那就是我忘记这个世界上除了撒哈拉大沙漠，还有毫无绿色的"心灵旱区"。它虽然龟裂万顷却又无影无形，使人类成为冷漠的动物。

我抱着米兰走出那间"心灵旱区"，骑着车子将她驮到附近的熟人家里。我要争时间抢速度，救活这株米兰。

米兰的悲惨遭遇使我不得不承认，自己为人处世的失败。因为这个世界上不可能处处都有邵大姐和老杜同志那样珍惜植物生命的好心人。

后来我的那个熟人打电话给我，用治丧的语气告诉我米兰死了。从此，我再也不去那间"心灵旱区"。对我来说那里是一个黑色噩梦。

如今我仍然居住在中国北方这座因缺水而著名的大城市里。前年夏天，我又在街上见到叫卖米兰的花农。物去人非，我也过了不惑之年，激情不再。这时我仿佛听到一个温暖的声音说，再养一株米兰吧。此时我的心情也变得平和，就掏钱买了一盆，抱回家去。我知道，这是我对那株死去的米兰的怀念。

在安庆吃臭鳜鱼

奔赴安徽采风主要是文化寻根。天津与安徽颇有几分渊源，六百年前燕王扫北大量移民带来了淮北口音。我们一行人到达蚌埠凤阳一带，发现那里也有与天津文化相关的吃食，譬如凤阳大街上一辆辆挂着"天津大小麻花"招牌的小推车，沿途叫卖，还有蚌埠马路两侧的"天津饺子馆"，由此可见两地文化相似之处以及天津文化的渗入。他们吃东西的口味也跟天津接近，色重汁浓，偏咸。俗话说，读万卷书，行万里路。我看还要添一句，吃万里饭。从饮食文化入手，同样能够了解当地文化特点。譬如在安庆吃臭鳜鱼。

这鳜鱼，在天津饭馆里经常误写为"桂鱼"，并且以讹传讹登录大饭店菜谱。吃饭，有时候也吞进去不少"别字"，浑然不知。

以前知道臭鳜鱼是徽菜里极具特色的一道佳肴，可惜天津没有徽菜馆因此无缘相见。这次安庆文联同志请客，恰恰有这道菜。

安庆乃长江重镇，距徽州尚有三小时车程，一西一东并非徽文化中心地带。然而国民政府时期这里为安徽省省会，大地方。在安庆吃臭鳜鱼权当正宗罢了。当地文联朋友介绍，"安徽"便是从安庆与徽州各取一字形成的，安徽就是安庆和徽州的合称。相比皖北地区则文化差异较大。倪嗣冲督皖期间，省会设在津浦铁路重镇蚌埠，这充分体现了北洋军人的"北方心态"和随时准备撤退的军阀心理。

安庆则不同，这里物华天宝，还出了很多名人，譬如陈独秀先生。

言归正传，先说臭鳜鱼的来历吧。据说早年有一赶考举子携"路菜"进京，其中有红烧鳜鱼。第三天食之，一股淡淡臭味逸出，竟然别有风味。于是大快朵颐，高呼美味。从此，遂有臭鳜鱼这道菜行世。

据了解，徽菜臭鳜鱼的制作，方法非常简单。只要在鲜鳜鱼身上洒一层盐水，放上两天就臭了。臭了，就是臭鳜鱼了，拾掇干净了红烧，就成了。这种臭鳜鱼摆上桌子吃到嘴里，首先是鲜味独特，其次才有些许微臭。既然是臭鳜鱼为什么有一股独特的鲜味呢？

原来，鲜鱼发臭，主要因为鱼鳞氨基酸发酵了。往鲜鳜鱼身上洒一层盐水是为了阻止过度发酵，也就是让鲜鱼臭得恰到好处。这种恰到好处的"臭"，居然释放出一种味精似的味道，因此，徽菜臭鳜鱼的臭恰恰成为独特的"鲜美"味道。这正是香与臭的辩证法。

从臭鳜鱼我想到了湖南湖北乃至长江流域的油炸臭豆腐，还有绍兴名菜"臭千张"，它们基本原理应当相同吧？看来，臭成了硬道理。

当然，徽菜臭鳜鱼的名气，远远不比歙州砚和宣州纸，走遍大江南北。它的日渐式微，可能与人们普遍追求新鲜饮食有关。

我揣测，举凡以臭为特征的菜肴或食品，大多由于当初缺乏冷藏设备或存放手段而形成。一锅好豆腐无意之间放臭了，歪打正着成了臭豆腐。臭中极品，当推北京王致和系列。

这就是我在安庆吃了臭鳜鱼，返回天津回味臭鳜鱼的心得体会。

临川才子金溪书

王勃"邺水朱华，光照临川之笔"的名句，使天下人知晓临川地方。古时临川乃是当今抚州，自然心生向往。

向往之心是因，因因而果。初夏时节有缘入赣拜谒先贤。大太阳拨冗普照大地，正是雨过天晴的抚州。

远远望见汤公显祖，蓝天下昂然而立，佩明季官帽，身着白色花岗岩长袍，衣带环腰，身姿伟岸。近前驻足瞻仰，果然隆眉凤目，颏下蓄须，傲骨不露，神情淡然。

汤公塑像身后汉白玉影壁，刻有《紫钗记》《牡丹亭》《南柯记》《邯郸记》的"临川四梦"浮雕，赫然而屏立。被誉为"东方莎士比亚"的汤翁，身后有这四部伟大作品传世，其旋律流传百载而不绝于耳，一代文宗矗立于中华民族伟人画廊，足与英伦莎翁比肩而长存世界艺术宝库。

我孤陋寡闻，汤翁的"临川四梦"，我只看过白先勇先生的"青春版"《牡丹亭》，在南开大学分校礼堂。当时感觉莘莘学子对昆曲艺术不甚了了，多半仰慕白氏名声而来，不免为汤公抱屈。

然而当代学界对"临川四梦"的评价与研究，还是令人欣慰的。我在抚州感受到名人故里对汤翁的推崇与爱戴，可见人文精神如燔之火不熄。

参观汤显祖纪念馆，宛若置身历史文化宝山，琳琅满目，美不胜收。举凡参观者，无不获得艺术与美学的滋补。特别对吾辈精神缺钙者，裨益尤甚——汤翁作品蕴含的中国文人风骨，令人自我反思，提振精神。

步入《牡丹亭》，随即感受当代日渐稀少的浪漫主义美学精神，这出大戏绝对媲美《罗密欧与朱丽叶》，而且极具东方审美意境。

重温《邯郸记》，不禁哑然失笑，当今大行其道的"穿越题材"，真是"余生亦晚"，貌似师从西方新潮，不过拾老祖宗牙慧而已。

浏览《南柯记》，幡然领悟汤翁梦境的象征意义，何言拉美魔幻现实主义。书生淳于棼的形象塑造——终因不是蚁类而被蚁国遣返人间。这深刻的思想明显闪烁着批判现实主义的光芒。

聆听《邯郸记》，这正是尽人熟知的"黄粱梦"的故事。汤显祖是写梦的高手，梦境成为他表达人生感悟的"真实世界"，从而达到比现实生活更为逼真的"艺术真实"。

观赏《紫钗记》，尽管戏剧冲突遵循常见的"误会法"，然而生活在封建社会的汤显祖以理想主义精神，讴歌男女主角的忠贞与纯美，不喜权贵不畏权势，追求至情至性的爱情。

中国的"临川四梦"，在中国戏曲史具有开山铺路的意义。汤显祖既是实践者也是理论家，他的《宜黄县戏神清源师庙记》从戏曲起源、戏曲发展史观、戏曲声腔、戏曲艺术特征、戏曲艺术功能、演员艺术修养、戏曲表演鉴赏诸多方面论证，成为中国戏曲理论与实践的重要文献。

中国封建礼教社会，视科考文人为仕子，贬称演员为"戏子"。只有根植民间社会的汤显祖，能够将"仕子"与"戏子"融为一身，"既撰写剧本，又躬耕排场，执导执教，甚至为戏班安排上演剧目和演出事务，与艺人保持密切联系……"他是戏曲作家也是戏曲活动家。

丰富的舞台实践、广泛的社会活动、深入的生活体验，正是产生伟大作品的必经之路，也奠定了汤显祖在世界戏曲史、文学史的重要地位。联合国教科文组织于二〇一〇年将他列为世界百位文化名人之一。

汤显祖生于明嘉靖二十九年，经历嘉靖、隆庆、万历三朝，宦海沉浮，四十三岁出任浙江遂昌知县。当时江浙地方戏曲发达，民间演出日盛。汤公为官五载，不恋仕途，文学理想不灭，他借进京至吏部上计之机，遂向朝廷递交辞呈，毅然绝仕，拂袖蹈尘而去，返回故乡临川。

当时戏曲流行四大唱腔：弋阳腔、昆山腔、余姚腔、海盐腔。此前，临川名士谭纶已将海盐腔引进乡里。汤显祖浙江为官多年，他去仕回到故乡，即开始戏曲创作，将当地弋阳腔与浙江海盐腔互相融合，形成"宜黄戏"，渐渐广为传唱。

此行路经宜黄县桃陂镇戈坪村，热情的村民在村前小广场演唱戏曲欢迎我们。这是载歌载舞的表演，唱腔优美舒缓，疑似皮黄韵味。我起身走近音响请教当地老者，果然答曰二黄唱腔。

这令我大开眼界。以前只知道京戏源于汉调与徽调，可谓徽汉合流衍生出京戏。著名的"徽班进京"也有二百余年。宜黄戏以二黄唱腔为主，兼有西皮。如此说来，京戏与汤显祖创立的宜黄戏，应当存有渊源关系。

我在戈坪村聆听宜黄戏，犹如置身历史深处，颇有早生五百年之感慨。汤显祖于明代创立的宜黄戏，如今依然流行于抚州地方，无疑为早期京戏先河，实乃中国戏曲"活化石"。

只可惜行色匆匆，我便跟随队伍赶路去了，无缘欣赏那位郑女士清唱宜黄戏选段，至今不知是西皮还是二黄。

抚州因为汤显祖而享誉华夏。一个人与一座城，相辅相成，相伴相生，相依相存。这是汤显祖的功德，也是抚州的福祉。

抚州境内各县，历史文化积淀皆为深厚。慕名前往金溪县浒湾古镇，首先被告知这里的"浒"读"xu"不读"hu"，随即觉得这是个特别的地方。

浒湾古镇果然大有来历。早在明清时期这里便与北京、汉口、四堡并称中国四大雕版印刷中心，全盛时期浒湾有六十余座书店堂号，刻字与印书工匠上千人。古镇现存各类历史建筑多达九百余座，其中当年专事印书售书的古建筑一百二十余座。

三让堂、两仪堂、旧学山房、源盛昌、忠信堂、杏山房……沿古镇街巷行走，想象当年浒湾书铺街的繁华景象：经史子集、戏曲话本、书法碑帖，在这里刻印成版，印刷成册，从抚河码头装船而运销各地。

而今，浒湾入选中国历史文化名镇，建立中国雕版印刷文化研究保护基地，设立中国印刷博物馆浒湾书铺街分馆。被誉为"江南之书乡，朝廷之漕仓，赣东之商埠"。有道是，"临川才子金溪书"，果然如此。浒湾的雕版印刷，使得临川才子们的雄文华章生出双脚，走遍华夏大地了。

宜黄戏至今广为传唱，浒湾书铺街古风浩荡……这只是我行走文化名城的点滴见闻。抚州历史悠久文化积淀深厚，我的管窥蠡测权作拉开大幕底角，有待临川古地的盛大展示……

南疆散记

一、遥远与美丽

"在那遥远的地方，有位好姑娘……"王洛宾先生歌曲里的大西北，遥远而美丽。蒙语里的"乌鲁木齐"就是"优美的牧场"。美丽，往往在遥远的地方，比如嫦娥就住在月宫里，那是地球人的遥远。

从北京飞往"优美的牧场"乌鲁木齐，蓝天白云并不显得遥远。高科技时代将因遥远而生成的美丽，变得近在咫尺。

近在咫尺的美丽，这令我想起北京街头的鲜花店，趋身可取。四小时的航程，高科技飞行器消减了路程的遥远，是否也消解了遥远的美丽？这是社会高度发达后的思考。

从乌鲁木齐换机飞往南疆的和田，终于开始体验到遥远了。遥远与美丽同生共存。想象着戈壁和沙漠，也想象着河滩里的玉石。和田美玉被称为无价之宝，恰恰因为遥远吧？遥远产生距离，遥远也产生美丽，遥远更产生无价之宝。

心里，还想象着生活在大漠之地的天津援疆人员。他们，兴许也像大漠之玉，默默闪烁着奉献之光吧。

终于，降落和田。和田是坐落在塔克拉玛干大沙漠南缘的名城，几乎就是遥远的代称。我们从和田出发，向着更加遥远的地方：策勒、于田、民丰。这是天津市援建项目的三个县城。我们将去看看那里的人，看看那里的事，看看那里发生了什么样的变化。

沙漠里的干燥，使得空气分子愈加紧密。美丽似乎也被浓缩了，一朵朵云彩镶嵌在天幕里，宛若一张巨大无比的变幻拼图，满足你幼儿园时代的联想。这时候我想到那些来自天津的援疆人员，他们工作在遥远之远的地方，那遥远之远的地方应当是美丽的所在吧……

二、不同的绿色

我国南疆大漠地带的美丽，绝对有别于东南沿海地区。就说东南沿海地区的绿色吧，似乎来得非常容易。春天到了，生机勃勃的绿色也就来了，时至盛夏，那绿色甚至绿得难以阻挡，充满你的视野，遍布你的世界。岁入深秋，绿色老成起来，伴随着你思想的成熟。

然而，大漠地带的绿色，却有着截然不同的景致。一路行车八百公里，或一望无际的戈壁滩，阳光下呈现出永恒不变的铁青颜色；或满眼枯黄的大沙漠，风沙里变幻着模糊不定的视觉景观。偶有骆驼草丛生于公路旁，也是一簇簇干枯而已。大片成荫的绿色，在这里成为孤独者的记忆，或者记忆者的孤独。

行车疾驶，突然，前方豁然开朗，一派浓浓绿色撞入我的视野。这正是大漠绿洲啊。多少年来，我强烈感到绿色竟然那样耀眼。

这是大西北独特的绿色。它一团团镶嵌在大漠深处，绿得顽强，绿得结实，绿得生机勃勃，绿得让天下所有绿色逊色。我不由想到我国东南沿海地区的绿色，它与大西北的绿色相比，无疑是喜剧。而新疆大漠深处的绿洲啊，总是让我感受到几分悲壮的力量。

于是，我想到从家乡天津来到大漠深处工作的援疆工作者们，他们无疑也是那一团团生机勃勃的浓绿，迎着漫天风沙矗立在工作岗位上，不凋不枯，不骄不躁，投身于第二家乡的精神绿洲。

绿色，就这样成了南疆之行的主色调。这色调，象征着生生不息的力量，也描绘出援疆工作者们的生命轨迹……

三、黄昏的微风里

终于见到了他们，这些来自家乡天津的援疆工作者。

这是策勒县城的一个黄昏。采访之余，天津援疆干部邵长森邀请我们去他的家看看。一个"家"字，让我感到这个天津小伙的情怀。是啊，这里就是他的家，这里就是他第二家乡。

一排排宿舍楼，浅褐色的外观。这跟我们寻常所见的宿舍楼没有什么两样，只是略显出几分微风里的静谧。一瞬间，我恍然觉得自己身处京津某个城市居民小区里。这可能是邵对我的感染吧，使我没有了异乡感觉。

五官端正的邵来自天津市河东区，挂职策勒县教育局副局长。他的普通话说得不错，家乡人还是听出轻微的天津口音。远天远地闻乡音，这令我感到亲切。回想二〇〇四年我带队去安徽固镇寻找"天津方言岛"，也曾经有过这种感觉。

邵住在三楼一套两居室的房间。这里就是他的家。感受着邵的生活情趣。

胡杨笔筒，胡杨根雕，和田玉，戈壁玉……我打量着这套单身男子居住的房间，一件件来自南疆本土的"宝贝"装饰着邵的居室，诉说着主人乐观向上的日常生活。

邵向我们介绍着他收藏的这一件件宝贝，很骄傲的表情，很自豪的样子。我被他感染了，我相信这是邵的真实情感，我也相信这是邵的真实生活。远离家乡，身处异地，邵丝毫没有流露畏难情绪，始终乐乐呵呵的，看着就让人高兴。

我指着一只胡杨笔筒说，你把它转让给我吧。邵孩子似的笑了，有些不舍的样子。大家都笑了。这是邵对自己"宝贝"的酷爱。因为这宝贝，来自他所投身建设的南疆土地——这里是他的第二故乡。

走出邵的家，依然黄昏。小区里，正是晚间人们散步的时候。我们遇到一个个天津援疆干部，他们来自河东区、河北区、红桥区……有教师，有医生，也有公务员。一张张年轻的面孔，洋溢着青春的神采。我们操着乡音交谈，谈家乡的近况，谈新疆的感受，尽管相逢匆匆，握手告别，我还是感受到他们的乐观，他们的安适，他们的青春活力，他们蓬勃向上的精神。

天气渐暗。我站在策勒县城的一座桥上。桥下是一条奔腾而去的河流。河道不宽却水流湍急，给人以匆匆赶路的感觉。有人告诉我，昆仑山的雪水汇为这条河流，向西汇入玉龙喀什河。

我想起自己。我想起二十世纪五十年代初期，我的父亲报名援疆，那时候他是热血青年，离开天津投身祖国大西北的开发建设。那时候我只有四岁，甚至不记得去火车站送他的情景。因此，我总觉得自己与新疆有着某种关联——新疆是父辈曾经工作的地方。而新疆的许多地名，乌鲁木齐、克拉玛依、库尔勒、喀什、和田、叶城……我都是从父亲口中听到的。时光流逝。此时，我站在策勒县城的桥上，一时间忘记了遥远，也忘记了时间，我注视着眼前这条穿城而过奔腾而去的河，内心汹涌不止。

我请同行者为我拍下一张照片，我身后正是那条奔腾不息的河流……

四、从建筑想起的

有一句名言：建筑是凝固的音乐。这句名言往往令人想起北京故宫、巴黎圣母院、印度泰姬陵、罗马竞技场、金边吴哥窟……然而，我站在肉孜买买提·阿塔吾拉的小院门前，依然想起这句名言。

这是一座普通的独门独院，不大，却崭新。砖混结构，有院落，有厅堂，有厨房，有居室，还有贮藏间。尽管屋里陈设简单，从女主人肉孜买买提·阿塔吾拉心底冒出的喜气，还是赋予这座新居特有的含义。

水龙头流出清亮甘甜的自来水，液化气灶摆着锃亮的饮具，居室里挂着墙毯……加之维吾尔族少妇肉孜买买提·阿塔吾拉的羞涩不语，无不显现日子一天天好起来的气象。

这里曾经是地震灾区，本着国家补贴、地方支持、援建单位投资、家庭酌情出资，四者相结合的办法，勾勒着社会主义新农村的初步蓝图。站在恰合玛村主巷道远远望去，一座座小院落整齐划一，没有雕梁画栋，更没有富户大宅的渲染，却流露出安居祥和的气氛。

肉孜买买提·阿塔吾拉的小院外挂着一张公示牌，我用相机拍下它的内容。

恰合玛村一小队肉孜买买提·阿塔吾拉房屋改造规划：人口三人，二〇〇九年人均纯收入两千零一十五元，人均占有粮食一百七十五公斤，农田1.5亩，果园一亩……在原有一百零三平方米基础上，改造后达到抗震要求的房屋面积118.6平方米，完全满足三口人住房安全……

一切都是透明的，就连空气也是透明的。这座小小院落，无疑

229

也是一首凝固的音乐，我们从中倾听到建设者的足音。

比肉孜买买提·阿塔吾拉这座小院规模更大的建筑，在天津援建项目里当然很多。我们在于田县的科克亚乡看到天津援建的温室大棚一百五十二座，总投资五百三十二万元，其中天津对口援建三百零四万元。二〇一一年将再建温室大棚一百一十座，拱棚六百座。我想象着蔬菜成熟季节，一定是"望之蔚然而深秀"。这一座座温室大棚，也是一组组凝固的音乐。它唱响边疆农民丰收曲。

在天宇小区，我们来到正在施工的工地现场。不久这里就会成为一座安居乐业的居民小区，噼噼啪啪响起乔迁之喜的鞭炮声。

在于田县拜巴扎镇农贸市场，占地面积二百亩，总投资两千余万元。它的建成极大改善了各民族农牧民群众的交易环境，提高了市场综合服务能力，人气旺盛。

在民丰维医医院的后院工地上，正在灌注钢筋混凝土的基础。一座维药制剂车间正在从援建者的施工蓝图变为现实，促进当地医疗水平的提高。

这一个个天津援疆项目，无论是小小的居民院落，还是拔地而起的高大厂房，从一沙一石起步而建筑全部落成，本身就是一首交响曲。多年之后，它无疑也是凝固的音乐，无声诉说着当年建设者的故事……

太白山小记

我是个缺乏常识的人。譬如我知道太行山，却不知道它的主峰。前年在山西平顺采风向作家朋友请教，方知太行山脉主峰是王莽岭。

关于秦岭，我自以为是知道的。它是中国南北气候、地理、土壤、动植物的天然分界线。秦岭在陕西方面属于沉陷地带，因而高拔陡峭，危乎高哉。它向四川则呈缓坡状，一路直下成都平原。

秦岭山脉主峰何在，我不知道。近年来在报纸上多次读到太白山，也不曾将它与秦岭联系起来。

深秋季节，我有幸来到陕西省宝鸡市眉县，参加"百名作家走进太白山"大型采风活动，入住汤峪镇国宾酒店。

我来自京津冀雾霾重度污染地区，太白山区的空气顿时唤醒我童年记忆：清新的空气，甘冽的泉水，安静的街道，鲜甜的水果，还有真实的人。

这时候，我得知秦岭山脉主峰是太白山，太白山极顶为"拔仙台"，海拔三千七百七十一米，其高度超过峨眉、华山、黄山、泰山，俯瞰五岳。

关于太白山的点点滴滴，补充了我的常识空白。翘首仰望古称太乙山的圣地，心头生出企盼——走进太白山深处，感受真实的秦岭。

一、一个人

乘车上山，一路观景，见有莲花峰瀑布，清流直下，纷纷落地幻作万千珍珠，随流溪而去。前行有景点世外桃源，飞瀑流溪于此缓作禅定状，坐拥一汪清潭。不禁顿生世外之感，"不知有汉，而无论魏晋"。我乃凡夫俗子，自然难生世外之心。这正是流水的文章，一时去也。

沿太白山索道，乘坐悬空缆车，几经起伏，一路攀升，从下板寺向上板寺而去。不用脚力而登山，这是机械力的功劳。然而，乘坐缆车登山，这断然难以成仙的。

我们前往拜谒的正是拜仙台。如今，它是个旅游景点。从前，它是个古老传说。将来呢，它仍然属于发明东坡肉的先人。

终于到达拜仙台景点，此处海拔三千四百米。只见迎面紫石影壁，镌刻景点简介："相传苏东坡在凤翔任评判进，为解关中大旱，拯救民众，在此求雨，龙王担忧违反天条犹豫不决，苏轼真心诚意，在此长跪三天，终于感动龙王，降下甘霖，缓解旱情。从此故名'拜仙台'。"

苏轼拜仙祈雨的故事，流传至今。游人到此观光，拜谒的是亲民勤政的苏东坡。当今地方官员理应从苏轼祈雨故事里受到启发，面对群众疾苦，尽心竭力，造福一方，奉献和谐社会。

然而，关于苏东坡求雨事迹，还另有版本。据说，此前也有官员在山下求雨，并无效果。苏轼先生不辞辛劳登临高端，擂鼓求雨。鼓声雷动，形成巨大声浪，响彻云霄，聚云为雨，此方法与当今人工降雨近似。于是，苏轼求雨，天降甘霖。

登临拜仙台，只见四周悬空，云雾缭绕，站立云台，如入仙境。

苏轼为民拜仙祈雨，他也成为被后世景仰的仙人。

这就是太白山上的一个人，不似仙人，胜似仙人。

二、一株树

一株树，两株树，三株树……一株株树，深褐色树干，枝丫平展，彼此相间。我认出这是松树。海拔渐高，阔叶林消失，针叶林唱了主要角色。游人沿山路或上或下，屡屡与松树擦肩而过，人与植物，两不相看。这是山间，也是人间。一个人与一株树的相遇，似乎也要相忘于江湖。人是万物之灵，树是万山之帜。此时，我注视一株株松树，这是太白山松树。

秋深冬浅时节，一株株落尽松针的太白山松树，宛若脱衣免冠的隐者，俏立于山坡之上，尽显天然本色。一位位隐者脚下，遍布枯黄细长的草，使人想到柔软。然而，一棵棵身材修拔的松树，反而牢固地挺立着。满山枯草伏地柔软着，满山松树迎风挺立着。这就是草与树的区别。我敢断定，太白山松树的根须与太白山魂紧紧相连，从而获得直插云端的骨骼与胆气。

放眼山坡，一株株松树或野生或人工栽植，皆具太白山性格，肃然而立，不弯不曲。我凑近观察，褐色树皮形似鳞片铠甲，更加增添几分武士气质。

太白山松树，就这样站立着，似乎对游客昭示着为人处世的道理。

下雪了，雪花形似小精灵，漫山遍野眨着眼睛。我没有抵达顶峰，无缘欣赏"太白雪花大如席"的壮景。如今，温室效应使得北极冰山融化。太白山峰顶积雪远望形若积云，弥足珍贵。

雪花飞舞。这是我的二〇一三年第一场雪，煞是吉祥。披雪而行，一路阶梯均由松木板材铺设而成，这不仅防滑，还避免石阶的坚硬，行走富有轻微弹性。望着满山松树，脚踏松木阶梯，我蓦然感受到太白山松树的性格。

站着，就站得直直，不卑不屈，敞开襟怀，风来不拒，雨来不惧，接纳普天阳光，不避风霜雪雨。一旦化为板材铺设山路阶梯，躺下，便躺得平平，一任游人踩踏，不吭不哼，无怨无艾。

这就是太白山上一株树，不似树神，胜似树神。

三、一滴水

一滴水足以见太阳。尽管太阳每天清晨都在大海里洗澡，然后上班。我们可以从一滴水珠儿里映见太阳。于是，一片海洋与一滴水珠，并无大小之分。这正是水的神奇。

一滴神奇的水，从上天降落太白山下，它凝结着热量存储于山脉间，人们给它取名温泉。

这泉水，深藏于地下两千米的优质深层岩间，出水竟达七十二摄氏度，富含氟、钾、钠、钙、碘、氡等微量元素，堪称神水。这是上天对太白山的赐予，也是大自然托付太白山人的资源。

面对上天赐予，面对大自然托付，太白山人惜水如金。我站在太白山国际旅游度假区沙盘前，山山水水，尽在规划中。太白山的发展远景，令人向往。

晴日泡在温泉池里，看山，山增色，空气润泽。晚间泡在温泉池里，夜空温婉动人，余韵不尽。

温情，温暖，温馨，温存，温婉，温柔，温和，温厚，温从，温良恭俭让……几乎所有与温字相关的词汇，你都可以从太白山温泉里感受到它的含义。温泉，滋润着你的肌肤，直入心脾。

234

泡在温泉池里，使你惯常认为无所不在又无所感知的空气里，有了既充实又缥缈的内容。

这正是温泉的神奇。老者入浴，竟然露出婴孩般的笑容，水给了遥远童年般的抚爱。少女入浴，则是温泉不可或缺的风景。

水是山之魂。水给太白山带来福祉。保护上天赐予的水资源，太白山人心怀感恩。

温泉，是太白山的感恩喜泪。这喜泪，带着人的体温，还有祝福。

这就是太白山一滴水，不似神水，胜似神水。

四、一种水果

这是汤峪镇。过了桥，河畔有小型集市，一个个货摊出售水果，主要是猕猴桃。以前听说秦岭地区盛产此类水果，还有被称为"奇异果"的。几人结伴逛集，站在水果摊前观看。

这是本地出产的猕猴桃。有一种黄褐色的，表面生着可爱的绒毛，使你觉得它是某种即将破壳而出的小动物。还有一种深绿色的，小巧玲珑，令你产生有关"和田籽玉"的联想。

卖猕猴桃的大姐热情开朗，动手切开猕猴桃让我们品尝。尝了尝红阳的，好吃，买了。尝了尝野生的，好吃，买了。尝了尝其他品种的，好吃，买了……

齿颊留香。几个大男人居然瞬间变成购物狂，每人买了好几箱。我们居住的城市里，没有这么好吃的猕猴桃，即使有也是很贵的。一个男人遇到物美价廉的东西，往往会变性成为女人的，甚至超过女人的购物欲望。

又遇到板栗，已然炒熟了。一旦品尝便爱上了。又是出手购买，而且夸不绝口。只有赞美，绝无挑剔。我们几乎成为当今世界最为友善的买家。汤峪镇的桥畔小集市，也成为当今世界最毫无瑕疵的市场。

之后，又买了核桃，还买了当地称为"怪枣"的野生水果。我们如此疯狂，卖家更加厚道起来，赠送了几只黄色大柿子。

这时候才意识到搬运成为难题。女摊主派出丈夫驾驶农用三轮车将所购货物送到国宾酒店。

我们摇头摆尾朝着住处走去，渐渐从女性购物角色返回现实世界，还原为男性本色。于是，意识到必须抓紧时间打包装箱，过午一点钟出发。

忙得满头大汗。我们满载胜利果实告别汤峪镇国宾酒店，车里也装满我们"物美价廉"的心情。

抵达咸阳机场。来自羊城的妹妹花了四十五元钱打包装箱。她是我们此行疯狂购物团伙里的唯一女性。

她的行李超重，这都是猕猴桃惹的祸。她只得另付两百多元的行李超重费。如此意外遭遇，她买的猕猴桃折算为每斤八十元人民币。

尽管如此，太白山购物还是给我们带来欢乐。那一只只用人民币换来的猕猴桃，跟随我们乘坐飞机返回家乡。

热烈欢迎太白山猕猴桃来到天津做客。我肯定要将它请进肠胃，与我成为一体。

这就是太白山的猕猴桃，当然可以被称为"奇异果"。因为它记载着我们奇异购物的热情，无疑成为太白山之行的有趣纪念。

太白山小记。小记太白山。

夜雁荡的哲学

　　杭州的作家朋友介绍说，西湖美景总相宜，也是有分教的。游湖，晴湖不如雨湖，雨湖不如夜湖。晴湖，我有丽日荡舟的经历，放眼风荷，身心明澈。雨湖呢，我不曾于细雨蒙蒙之游览西湖，只好将其留存在想象世界里：一柄纸伞飘动于苏堤与白堤之间，心在断桥。至于夜游西湖，是这次补的课。我们从音乐喷泉起步，开始夜湖之旅。

　　起初，夜色是半透明的。沿着湖畔前行，夜色便沉重了，脚步随之凝重。远山不见，湖水朦胧，那山那塔那桥——白日里被人们尊称名胜的一处处景致，不动声色地退于暗处，似乎皆含隐忍之心。

　　这时候，我居然担心西湖容颜的消逝。那晴天朗日里的不顾不盼，此时处于得与不得之间，渐渐化为失与不失的担忧。

　　行走在得失之间，脚步越发谨慎。这种谨慎似乎与不忍失去的心情有关。即使你知道那造物是不会失去的，夜游还是让你加了小心。

　　夜西湖，竟然令你的心思也处于得失之间。尽管你只是西湖的客卿，尽管临安只是你的人生逆旅，夜西湖还是给了你愈放愈大的涟漪，从此岸想到彼岸。

　　智者乐水，仁者乐山。关于夜色迷人，浙江还有雁荡山的景致。

夜游雁荡山，据说已然成为旅游品牌。有了夜游西湖的经历，我对雁荡夜色还是难以料想。水，最大为洋。山呢，无外乎是一堆巨大的石头而已。

那次夜游雁荡，夜色尚浅。一路上行步步高，天幕已然变得深蓝，令人想起蜡染。我知道这深蓝颜色是天光的残存。远山，朝着浓重延伸，率先入了夜。于是，天幕之下，山，没了白日里的粗粝相貌，浓黑而象形了，譬如说是老鹰，人们便惊呼果然是老鹰。老鹰之后，那一座座山形，像了小蛙，像了大象，像了硕鼠……总而言之，夜色给万物镶嵌轮廓，引发小蛙、大象、硕鼠的遐想。甚至有一块山腰的石头，被定性为偷看姐姐谈恋爱的小弟弟。

游人行至夫妻峰，导游以诱供的口吻让你认定那两座山峰正是相依相偎施以热吻的爱侣。于是再度引发惊呼，颇有原来如此的感慨。

白日里雁荡山细枝末节，统统被夜色抹去了，一切皆以山形轮廓定性。人的思维，也随之变得粗放。譬如白日里的那块山巅之石，夜色里便成了惟妙惟肖的小和尚。

月出东山之上，徘徊于斗牛之间。这时的深蓝天幕已经为夜色尽染，滑向浓黛浓黛。山的轮廓也被月光弄成另外一番模样。恰到好处了，导游引领的夜游雁荡活动及时宣告结束。人们出了山口，身后群山趁机融入一派混沌的夜了。

翌日清晨起床，尚有续篇。导游引领众人再游昨晚雁荡。白日里，理直气壮的太阳毋庸置疑地成了大地主宰，毫不通融地将万物陈列于天光之下。昨夜景物，一下明朗起来。山腰有了乱石，山巅有了杂树，乱石与杂树之间，可见小鸟飞往。白日里雁荡山重新成为一座极具细节的景致。

回忆昨夜以轮廓取胜的雁荡山，此时没了老鹰没了小蛙没了硕鼠没了接吻夫妻，一切皆被天光还原为原貌。于是，人们再度惊呼，顿生白日此山非夜晚彼山之感叹。

惊讶之余放眼雁荡，白日里的山，有了眉睫，有了皱纹，有了肌理，有了令人迷乱的万般细节，摆出一副任你随意拷问的样子。只是夜景里令人惊呼的山形不得见了，全然判若两山。

这正是雁荡夜景的谜底。当你一心注重事物轮廓的惟妙惟肖，只是得到它的边际之美。一旦白日来临，雁荡山的肌体毕露，轮廓便为内涵替代。天光之下的雁荡以整体的真相令你瞠目结舌。因为，细节是雄辩的。轮廓，则只是一种似是而非的美感了。

这正是夜的剪纸般的艺术。这种剪纸般的艺术以阴谋的方式令你陶醉，却绝不穷究事物本相。与夜色相比，白日则是阳谋了。阳谋，以细节的整体力量送给你一幅逼近真相的摄影作品。于是，白日略显残酷——该看到的它都让你看到了，绝不省略，特别周全。

这种时候，人们很可能怀念夜色。因为夜雁荡是不周全不明晰的。有时候人们不注重周全不在意明晰，人们宁愿从略。

如此，夜色也就很可能成为一门哲学，以轮廓取胜而舍弃细节甚至舍弃真相的哲学。有时候，舍弃可能是必要的丧失。

于是，夜游雁荡，游人如织。于是，夜观雁荡成为一门人生哲学。游人呢，不经意之间便成了这门哲学的业余信徒。

杭州问茶

那是我第二次去杭州。头一次是参加《中国作家》的笔会，具有过路性质，匆匆的。这一次是去中国作家协会杭州创作之家度假，日期十天。

心里挺明白的——那就是千万不要在旅游景点购物。有感于旅游购物惨遭宰杀的沉痛教训，譬如当年在牡丹江买了二斤黑木耳，回家竟然洗出了一斤沙土，只得扔掉。于是，我决定在杭州这座美丽的天堂城市期间，果断放弃一切购物行为，口号是"只观光不花钱"。

中国作家协会杭州创作之家，吃住条件都挺好的。一座江浙风格的院落，有天井，有金鱼池，还有一个花草丛生的后院。站在院子里可以看见北高峰风景，距离灵隐寺也不过三百米路程。当天下午坐在石桌前乘凉，我终于明白刘禅为什么乐不思蜀了。

然而，还是难以克制花钱的欲望，我心里总是想着那三个字：龙井茶。我为什么如此钟情于它呢？因为杭州创作之家的客房里为我们备有龙井，尽管只是几十元价格，然而只要沏上一杯绿茶，那清香还是随时随刻提醒着我，说这东西很不错啊。平时在家我有饮茶的习惯，这几年已从饮花茶改为饮绿茶。此次杭州之行，它的丝绸我可以视而不见，可这种被称为"国饮"的东西还是不应完全回避的。

人生如同品茶，或者说人生如同一个品茶过程，从浓而淡，最终淡出。如此看来，茶，理所应当是这次杭州之行的应有之义。

于是初步决定，外出买茶。

其实，我内心深处储藏着购茶动机，离津赴杭之前曾经向一位前辈作家请教有关龙井茶的 ABC。前辈作家出身名门，莫说茶叶，就连茶叶蛋都会煮。他老人家唯恐我在杭州购茶上当受骗，耐心告诉我买茶叶一定要去龙井村二十七号找徐乃鋬，这位茶农是前辈作家多年以来向杭州邮购茶叶的堡垒户，从无闪失，非常保险。

创作之家的日程，还是比较宽松。集体活动只有三次，即去鲁迅先生故乡绍兴、茅盾先生故乡乌镇以及游览西湖，其余时间均为自由活动。可阴差阳错，我没有去成前辈作家推荐的龙井村，当然也就没有见到那位极具信誉的本地茶农了。一天，我和晓雨走出创作之家，一路步行前往三天竺的法喜寺观光。这条山路一旁伴有山泉汨汨流淌，景色煞是优美。走出不足一里地，我即看见远处茶园有老媪采茶，那景色宛若一幅优美油画。于是上前攀谈。老媪操着当地口音说家里有新茶待售，乃是上好的龙井。一路上我们聊着，老媪很朴实的样子，说她家是无权无势的穷人，生活并不富裕。

我们随老媪走进了她在灵隐村的家，那是一幢三层小楼。她沿着木梯噔噔上楼去了，然后从楼上拎来一袋子绿茶，说是今年清明那天采摘的龙井，并且亲手给我沏了一杯。我漫不经心地看了看沏开的叶子，心里暗暗认为这应当是谷雨时分的。故作内行地品了品，感觉味道尚可。老媪厚道地报出四百元的价格，我自作聪明地讲出二百八十元，终于艰难地成交了。走出小楼我们告辞灵隐村朝着创作之家的方向，原路返回。

吃晚饭的时候回到创作之家。来自祖国四面八方的作家们得知我买了茶叶，立即叫来大厨刘福山，请他品评估价。擅烧杭州本帮菜的小刘只看了一眼装在透明塑料袋子里的茶叶便笑了，说价值八十元钱。餐厅里全体哗然，心地善良的作家们纷纷恭喜我为当地茶农捐献爱心二百元。我受到他们的如此赞美，一时不知所措。

晚饭之后，我心有不甘地去厨房找到小刘，说这八十元的价格是你们当地人可以谈成的，我们北方来的人恐怕买不到吧？大厨小刘忠厚地点点头，表示认同。我的郁闷心情随即释然，暗暗认定自己的损失其实只有一百五十元上下，如此而已。

回到天津之后，我经常在家里以茶待客。有一天来了一位客人，我热情地沏了一杯来自杭州灵隐村的龙井。他呷了一口，连声说好茶。我请他估价，他深沉地闭目思忖片刻，然后缓缓说八百元吧。

我伸手指着颇有鉴赏力的客人大声说，你果然内行，你果然内行啊。

被这位客人誉为价值八百元人民币的龙井茶的香气，一下子便在客厅里弥散开来，久久令我陶醉。

寻找尚古斋

放眼中国书画发展历史长廊，一件件曾经破损严重的文物级书画珍品，经过妙手修复装裱，恢复保持原汁原味的艺术面貌，从而流存后世。应了赵朴初先生名言："书画赖有装裱助，乃能挂壁增光辉。"也就是我们俗话所说的"三分画，七分裱"。

倘若没有历代装裱师对中国书画的修复装裱，将会有多少代表中华民族最高艺术成就的书画瑰宝，沦为时光碎片而亡佚于历史缝隙深处，令后人难觅其踪。然而置身幕后的书画装裱师却不曾留下名姓，默默湮灭于历史长河。正因如此，我们越发认为中国书画装裱与修复同样属于精益求精的艺术门类。

我担任天津政协委员期间结识王辛谦先生。随着交往的深入，我渐渐得知他充满传奇色彩的寻根故事。

早在清末年间，王辛谦的伯父王家麟（字毓璋）在北京琉璃厂创办"尚古斋"。王辛谦的父亲王家瑞，一九一七年生于河北省深县，十三岁来到北京琉璃厂投奔本家兄长王家麟，学习书画装裱技艺。他不辞辛苦，虚心学艺，从制糊开始，捣糊过箩、撑绫上水、托绫上糊、绫绢托纸……年纪轻轻练就过硬本领。这王氏兄弟经营的尚古斋，在京城赢得名声。

王家麟年长王家瑞三十四岁，身为侄辈的王辛谦无缘亲睹这位伯父的风采。父亲王家瑞讷言敏行，生前并未过多提及陈年旧事。幸好荣宝斋的画家王宗光（字雨新）先生在回忆录里谈到尚古斋，使后人从字里行间闪现父辈身影。

那时"博闻簃"古玩店经理郝保初购得《王石谷山水轴》，可惜画心陈旧污损，虫蛀严重，延请何人装裱令主家踌躇不已。最终郝保初选择了尚古斋。

王家瑞年纪尚轻接此画作，精心冲洗、揭旧、补裰、全色直至装裱，令这幅古典名作恢复面貌。郝保初大喜过望，随即与友人韩星华打趣云："清代四王，当今又添一王。"这是对王家瑞的高度评价。他依然埋头钻研技艺，不废时光。

进入新中国。素负盛名的尚古斋与著名的南纸店荣宝斋合并。从此"尚古斋"招牌退出人们视线，渐渐消逝于记忆深处。尚古斋纵然不存，身怀书画装裱绝技的王家瑞仍为业界翘楚。邓拓同志购得清初画家龚贤（字半千）的八条山水屏，不胜欣喜。

邓拓找到王家瑞，特意强调这是龚半千的精品。这八条山水屏烟熏污损严重，邓拓几番叮嘱仍不放心，稍有闲暇便跑来观看修复情况。王家瑞精益求精，冲洗、揭旧、托心、嵌补、镶边、复背……其中全色（填染旧画缺损的部分谓之"全色"）工序就用了一百多个工作日，圆满完成任务。

一九七四年抢救山西应县佛宫寺释迦塔文物，考古队在佛像内发现大批辽代佛画与经卷，历经八百年鼠侵虫蚀，撕裂破碎，糜烂粘连，甚至结成板块难以分揭，从一九七八年开始，延请王家瑞承担三宗重要任务。

《神农采药图》，作者轶名，54厘米×34.7厘米，以麻纸画成，天杆为细竹薄片，无轴，四周墨框，图中所绘人物，面貌丰满，袒腹赤脚，披兽皮背竹篓，手举灵芝徐行山间，此画线描纵笔豪放，颇具唐代壁画之风。

木印佛画三幅：《炽盛光九曜图》一卷，94.6 厘米×45.9 厘米，麻纸，天杆地轴已失，画心多处残缺；《药师琉璃光佛说法图》二轴，麻纸木版墨印，77 厘米×36.5 厘米，填染朱膘石绿两色；《南无释迦牟尼佛像》三件，均为彩色丝漏。

王家瑞面临前所未遇的难关，这批画卷残损严重稍触及碎，将其展平极不容易。他大胆创新，采用边湿边展的方法，将其平放在新纸上，寸许间将卷轴逐渐展开。冲洗去污又遇难关，冲洗极易冲掉画面碎片。尽管明代董其昌《筠轩清秘录》载有古画冲洗去污法，已然难敷其用。王家瑞以前人经验为基础，以微水量轻动作重复实施，遂在画面覆盖新纸，反转画面进行揭旧，既要揭掉背面糟朽的废纸，又要保障画面无损，一次只能揭去米粒大小的背纸，近乎眼科医生实施手术。就这样，王家瑞将一幅幅辽代佛画揭细揭透，令人惊叹。之后便是修复装裱：破损为无数碎块的画卷已经难以成形，尤其《炽盛光九曜图》在"佛光"处缺损的碎片，乃是装裱后在文物筛土中觅得，王家瑞精心补全，如此高超技艺近乎传奇，文物部门将此项修复称之为"书画装裱史的奇迹"，王家瑞完成如此惊心动魄的文物抢救工程，受到文化部嘉奖。

自从投身书画装裱行业，王家瑞不知创造多少这样的奇迹。人民大会堂的巨幅国画《江山如此多娇》就是他带领徒弟们装裱完成。多年艰辛化作成就，王家瑞获得应有的荣誉。他历任中国文物保护协会会员，中国装裱协会会员，荣宝斋咨询委员会委员，被文化部确定为"中国北派装裱代表性人物"，被中国书画界尊为"裱画国手"，称得起德高望重。

王辛谦自幼耳濡目染，弱冠即随父亲王家瑞学艺，深得真传，子承父业从事传统书画和碑帖装裱，颇得书画大师黄胄先生的赞许。

一九八五年王辛谦由北京来到天津创办书画装裱店，黄胄先生亲自为其题写匾额"瑞文斋"。经年积累，苦心钻研，出身装裱世家的王辛谦，开创自己的新天地。

天津市文物公司存有大量古代书画珍品，由于特定历史时期缺乏保管，不少堪称文物级别的书画作品，损毁严重几成碎片，修复起来难度极大，而且数量之多，大有无处下手之感。

王辛谦将年届七旬的父亲王家瑞接到天津，在父亲指导下父子共同实施抢救性修复装裱，从拼接、漂洗到揭裱、全色，克服多种棘手难题，逐一修复装裱明代文徵明书画手卷、明代林良《芦雁图》轴、明代解缙山水图卷等一千余件古代书画珍品，可谓工程浩瀚，为天津市文物保护工作做出重要贡献。

十几年前，天津大学冯骥才文学艺术研究院落成，收集大量古旧年画、石刻画等民间艺术珍品。这些画作纸质迥异，残损严重，揭裱修复难度很大。王辛谦接受修复装裱任务后，在摸清纸质纸性的基础上，针对不同画作制订不同方案，清洗、揭补、全色、修复，做到既修复完整，又保持原作特色，圆满完成这项任务，受到冯骥才称赞。

打从津门创业，王辛谦在手卷、册页、扇面、拓片、立轴、横批等传统装裱形式上，尤其在修复古代书画和碑帖方面，从揭裱全色，尺寸配比，锦绫合样等流程严格遵守传统工艺，力争做到修旧如旧，保持原貌，做工严谨。著名书画鉴定大师、原国家文物鉴定委员会副主任徐邦达曾点名请王辛谦揭裱破损严重的明代画家汪中的山水图轴，并对其装裱技艺称赞不已。

三十余年来，王辛谦的装裱修复技术深得社会各阶层人士的信赖和喜爱。他作为传统书画和碑帖修复方面的专家，被天津博物馆聘为终身名誉馆员、文物保护部书画修复技术顾问。尽管获得如此荣誉，王辛谦每每仰望黄胄先生题写的"瑞文斋"匾额，总是想起父辈开创的"尚古斋"。每逢返乡探亲听到伯父王家麟（毓璋）和父亲王家瑞的京城琉璃厂创业故事，便深感自身流淌王氏血脉与尚古斋基因，可惜难以探寻历史深处父辈的足迹。

前年一天，王辛谦无意间看到北京出版社出版的《洋镜头里的老北京》，作者为德国摄影家赫达·莫里逊女士。这本拍摄于一九三三年至一九四六年间的珍贵相册，大量照片展示各行各业中国人的生活，给我们考察一九四九年以前老北京的生活提供了极其真实的素材。

有十几幅黑白照片引起王辛谦注目。这显然是旧时书画装裱的场面。一张宽敞的台案前老师傅打量着铺展的宣纸条幅，吸着旱烟神色从容。另外几张照片里的人物是个小伙子，表情专注手持毛刷给绫绢上糊……王辛谦仔细端详着照片里这位年轻的装裱师，并未清楚意识到这是个重要时刻。

尽管相逢不相识，他仍然感到周身暖意，似乎听到时光脚步朝着自己走来。春节期间返乡探亲，他将这组照片给村里老人看，竟然得到这样的答复："咦，这是你父亲王家瑞年轻时候啊……"

即使将信将疑，王辛谦还是有些激动。照片里这间大屋莫非就是令自己魂牵梦绕的尚古斋工作坊？那可是他的精神故乡啊。

时光是条奔流不息的大河。王辛谦决定溯流寻找消逝的尚古斋，以此接续家族技艺血脉，唤醒人们对昔日尚古斋的记忆。他首先拜访津门文物鉴定名家刘光启先生。

刘光启先生十二岁到北京琉璃厂学徒，见多识广，可以说是许多历史细节的见证人。他老人家年近米寿精神矍铄，记忆力惊人。兴趣盎然谈起当年琉璃厂，特意强调那时叫"尚古斋裱画处"不叫"尚古斋裱画铺"，可见老先生记叙历史细节的严谨。

王辛谦呈上赫达·莫里逊的《洋镜头里的老北京》相册，刘光启先生仔细端详，随即认出吸着旱烟的老者是尚古斋掌柜王家麟（毓璋），伏案工作的小伙子则是青年时代的王家瑞。王辛谦听到父亲的名字，顿时激动不已。

刘光启先生回忆当年经常给尚古斋传送电话，指着照片里连排窗棂的大屋说，这地方正是尚古斋的装裱间。

"我在古董店学徒时见过那幅《滴砚图》，大伙说这幅画只有尚古斋能裱，可是工钱太贵。古董店掌柜说再贵也要送到尚古斋，别家装裱不了。"刘光启先生清楚记得这幅名画经过尚古斋装裱，后来被收进故宫博物院。

王辛谦意外地寻找到王氏血缘根脉，那消逝在历史缝隙里的老字号尚古斋，就这样重现于今世。

这是传统文化的继承，这是装裱技艺的归宗。王辛谦打量着那一幅幅记载着一个个历史瞬间的老照片，清醒地意识到恢复父辈"尚古斋"老字号，不仅仅是王氏家族的私事，更是保护和传承中华优秀传统文化的大事情。

王辛谦为人谦和不事张扬，从不自我炒作。桃李不言，下自成蹊。王氏书画碑帖装裱与修复技艺，已经列为天津市市级非物质文化遗产代表性项目。其实，王辛谦为了延续书画装裱技艺的血脉，多年前便摒弃门户之见，言传身教培养修复古旧书画人才，无私地将自身技能传授给徒弟，如今他的徒弟们成为修复古旧书画的行家能手，在祖国各地从事书画装裱工作。

既然天降惊喜让王辛谦通过赫达·莫里逊的《洋镜头里的老北京》重现父辈"尚古斋"的根脉，于是王氏家族书画装裱技艺第三代传人，便引人关注了。

王辛谦的独子王京春，一九八〇年出生于北京。小时候祖父王家瑞经常带着爱孙去荣宝斋装裱车间，可谓耳濡目染。至今他还记得琉璃厂翻修期间，荣宝斋装裱车间临时搬到天坛公园。祖父王家瑞是书画装裱大师，定期拿回荣宝斋出版的书画刊物给爱孙看，这无疑是中国书画传统的开蒙。小京春得天独厚获益匪浅。

一九八五年小京春随父母来到天津创办"瑞文斋"书画装裱店。他从小学三年级起，每逢假期便协助父母做起简单活计，比如剪角派、画杆封堵头。读初中时京春能够做些复杂工序了，比如镶活、覆背、配杆。

就这样，技艺的遗传基因与心灵手巧的天赋，渐渐显现出来。京春读到高中时，已经能够独自完成全部装裱工序。

二○○一年王京春大专毕业，学校为他推荐了实习单位。这个朝气蓬勃聪明能干的小伙子，即将大步走上社会融入集体，开始属于自己的人生。

那时候，王辛谦尚未着手恢复父辈"尚古斋"，但仍然希望儿子能够继续王氏家族的技艺。于是他跟京春促膝谈心，表达了内心愿望。

正值青春美好时光的王京春，当然向往更为广阔的社会天地，向往更为开放的集体生活。一旦同意留在父亲身边，就意味着今生囿于台前案旁，常年过着室内生活。这不是每个年轻人都能承受的。

王京春深知祖辈传承的技艺，只能接续不能中断。尤其想起幼年的荣宝斋时光，越发觉得自己继承祖父的事业责无旁贷。就这样他放弃自我设计的前程，同意跟随父亲工作。

依照装裱业界传统，王京春不可随父学艺，必须另拜师傅。然而当时难以找到合适的师傅，王辛谦只能破了行业规矩，将京春留在瑞文斋学徒。多年后，王京春越发认为自己做出的选择是正确的。

那时王辛谦已是京津装裱业界高手，举凡过手的活计，多为高难度的大作品。名师出高徒。能工出巧匠，越是高难度的活计越能增长本领。京春跟随父亲系统学习书画修复装裱技艺。由于店里缺乏人手，反而让他有了更多实践机会，参与多项高难度的书画修复装裱任务。时光流水般过去，王京春完全挑起重担，成为王氏家族第三代掌门人。

如今年近不惑之年的王京春，在继承完善书画碑帖修复技艺的同时，还对破损折扇的修复深入研究，经过几年精心实践，总结整理出一套不同以往的折扇修复工艺，同时将自家书画修复技艺与传统折扇制作工艺巧妙结合，打破以往折扇小修小补的格局，解决了以往折扇修复治标不治本的老问题，完成了自己的创新。

江山代有才人出。王京春与妻子薄国华志同道合，投身书画修复装裱行业将近二十年，不仅系统继承王氏家族的传统技艺，更在借鉴利用现代科技手段方面有所创新，近年来修复完成包括文徵明的手卷，王文治、铁保的书法作品，谢时臣、王石谷、八大山人的绘画作品以及袁江、袁耀的山水通景等一大批古代书画艺术精品，努力成为王氏书画碑帖装裱与修复技艺的代表性传承人。

寻找到消逝多年的尚古斋，年届花甲的王辛谦每每手捧父辈照片，便意识到肩头责任。上有王氏家族的文化基因，下有继承祖传技艺的第三代，他觉得自己站在过去与未来之间。于是延请历史见证人刘光启先生题写"尚古斋"牌匾，意在让王京春夫妇担起传承重任，进而争取使尚古斋成为国家级非物质文化遗产代表性项目。

这便是：后辈寻找尚古斋，传统文化为情怀，书画装裱寻常事，非遗历史有承载。

海外文谈

　　这次我和陈建功先生来到温哥华与诸位文学同好座谈，深感机缘难得，同时也诚惶诚恐。为什么这样说呢？一我不是文学评论家，二对加拿大华裔文学知之甚少，所以毫无发言权。尽管赴加之前收到陈浩泉先生惠寄四册加华作家作品选，由于时间紧迫未能细读，我更不敢妄加评论。今天我只能以一个不合格的读者身份说几句话，权作一般交流。

　　平时偶尔接触港澳台以及海外华文文学作品，虽然生活方式与价值观念各不相同，却不妨碍我对这些作品构筑的文学世界的理解。这次浏览四册加华作家作品选集，我得知在加国拥有一支人数不少的华裔作家队伍。在这些作品里，无论是表现九七回归之前"留还是走？"的港人焦虑心理，还是表现落地生根之前渴望文化融合的新移民心态，尽管所在国度的社会背景以及生存状况存在差异，我仍然能够感受到华人文学的文化相向性质以及异花同根的文化演变历程。这正是文学作品的心灵纽带作用。

　　在经济全球一体化的形势下，"华人"这个关键词所产生的融汇作用与沟通功能，通过这些文学作品显现出来，我试图将其称之为"海外群岛效应"。我相信一个语种文学的完整性——中国文学大陆与海外文学群岛必将共同构成全球华语文学的总体风景。同时我还认为，一个华裔作家就是一座岛屿，从而形成不可忽视的海外群岛效应——丰富着我们的总体华文作家阵容。

由于个人能力所限，我无法对加华作家诸多作品细品详说。今天，我想结合自身创作向诸位简单介绍一下有关工业题材小说的写作情况。因为，我在中国文坛被称为工业题材的小说家。

作家郁达夫说"文学作品都是作家的自叙传"。一九七〇年我初中毕业正值中国"文革"时期，高中停止升学。我十六岁即进入一座大型国营工厂做工。工人——成为我的第一个社会身份。一个作家的写作资源，我以为来自"直接生活"与"间接生活"两个方面。一般来说，写作初期往往取材于身边生活，属于近距离表现。我的短篇小说处女作《看车姑娘》就来自这样的"直接生活"。之后发表的中篇小说《黑砂》同样来自我做翻砂工的直接生活经历——它表现了革命时代工厂的"红色幽默"。

一个作家的写作进入比较成熟的阶段，他往往已经离开当年的生活基地，进入更为广阔的创作空间。这时候他可能会感到直接生活积累日渐单薄，写作甚至出现转向甚至转型。

写自己不曾经历的年代，塑造自己不曾接触的人物，这就要调动所谓"间接生活积累"了。我的间接生活积累主要来源两方面，一是大量接触亲历人物，二是大量阅读第一手"非虚构"资料。通过这两个渠道，深深进入自己不曾经历的社会生活，详细接触自己不曾相识的历史人物。这是一种身心的沉浸。日积月累，这种沉浸状态延伸了我的生活疆域，超越了我的生命限度，丰富了我的人生经验。久而久之，我恍惚觉得自己成了那个时代的人。久而久之，我感同身受不知不觉沉入历史深处成为历史里的人物角色。五十岁的人生竟然超前获得二百年的人生经验。这种间接生活积累我称之为作家的"提前出生效应"。

间接生活积累朝着直接生活积累转化，将公共写作资源化作个人写作资料。这需要作家有一只很好的"胃"。我写作长篇小说《机器》，全书时间跨度六十年。我以直接生活积累调动间接生活积累，以间接生活积累激发直接生活积累。写作过程中我果然进入了角色——沿着这条工业大河上溯，心存敬畏地拜访我不曾经历的那段历史，如同回到自己的祖籍或"郡望"。就这样，自己的间接生活积累与自己的直接生活积累渐渐融合。一个个人物鲜活起来，一个个事件生动起来，就连我自己都真假难辨。从这个意义上讲，我们通常所说的虚构同样是现实生活的反映。

　　无论直接生活积累还是间接生活积累，都是重要的写作资源。同时我也不否认主观精神的力量对文学创作的影响。打一个化学方面的比方，如果我们拥有的写作资源是溶质，那么作家的主观精神则是溶剂。一个作家的创作能力往往取决于他的精神溶解能力。你有多少精神溶解能力就能消化多少生活积累。这也是主观能动性与客观现实的基本关系。

　　大工业是一柄双刃剑。得失之间是人生。其实我的工业题材小说也是写人生的。我试图表现工业背景下人们的生存状态与文化心理。中国实行改革开放政策三十年，所谓工厂与工人均不同以往了。从全民所有制到私营经济，从工人阶级到工薪阶层，从企业主人翁到打工仔，普通劳动者的社会地位与精神生活都发生很大变化。从这个意义出发，中国的工业题材写作与其他题材写作一样，面临新课题。中国的文学工作者究竟如何反映这一场前所未有的社会变革，恰如一份试卷摆在课桌上。而作家如我者，则是凝眸沉思的小学生。

　　我争取做一个考试及格的小学生，争取将合格的试卷交给依然神圣的文学殿堂。

图书在版编目(CIP)数据

透明的时光／肖克凡著. — 北京：中国文史出版
社，2020.3

（中国专业作家散文典藏文库·肖克凡卷）

ISBN 978 - 7 - 5205 - 1645 - 7

Ⅰ. ①透… Ⅱ. ①肖… Ⅲ. ①散文集 – 中国 – 当代

Ⅳ. ①I267

中国版本图书馆 CIP 数据核字（2019）第 272964 号

责任编辑：蔡晓欧　薛未未

出版发行：**中国文史出版社**

社　　址：北京市海淀区西八里庄 69 号院　邮编：100142

电　　话：010 – 81136606　81136602　81136603（发行部）

传　　真：010 – 81136655

印　　装：廊坊市海涛印刷有限公司

经　　销：全国新华书店

开　　本：720×1020　1/16

印　　张：16.5　　　字数：191 千字

版　　次：2020 年 3 月第 1 版

印　　次：2020 年 3 月第 1 次印刷

定　　价：56.00 元